命売ります

LIFE FOR SALE

鬼才三島由紀夫，
令人嘆為觀止的奇想傑作

高詹燦——譯

三島由紀夫

1

羽仁男一覺醒來，四周一片明亮，他一時以為自己置身天國。但後腦仍陣陣刺痛。

如果人在天國，不可能會感到頭痛。

首先映入眼簾的，是一大扇毛玻璃窗。那是無任何裝飾的窗戶，周圍微微泛白。

有人如此說道。

「看來你醒了。」

羽仁男抬眼一看。眼前站著一名護士和一位身穿消防員制服，身材矮胖的男子。

「請躺著別動。你現在還不能隨便亂動。」

護士按住他的肩膀。

「太好了。想到自己救了人，一整天都會有好心情。」

羽仁男明白自己自殺失敗了。

……。

他在最後一班國營電車裡服下大量安眠藥。更確切來說，他是在車站的飲水處服藥後才

搭車，而在空蕩蕩的座位上躺下後，他便不省人事了。

他並非經過一番深思熟慮後才決定自殺，記得是傍晚時，他在常去吃晚餐的那家小酒吧看晚報，突然興起尋死的念頭。

「外務省職員為間諜。搜查日中友好協會等三處場所。麥克納馬拉①部長調職正式敲定。今年初冬，氣象局提醒會有煙霧籠罩東京。羽田機場爆炸案嫌犯青野『罪大惡極』，遭求處無期徒刑。卡車翻落鐵軌，遭貨車衝撞。死者的心臟主動脈瓣成功移植至少女身上。鹿兒島銀行辦事處發生搶案，搶匪一舉搶走九十萬圓。」（十一月二十九日）

這可說是每天都會上演的戲碼，沒半點特別之處。

報上的每篇報導，他都無感。

接著，他就像臨時想去野餐般，突然起了自殺念頭，但若是硬要問他理由，他只能說，就是因為完全沒有自殺的理由，所以才自殺。

他並非失戀，就算失戀，羽仁男也不像是會因為這點小事而自殺的男人。也不見他有經濟上的困擾。他的職業是廣告文案，電視上常播出五色製藥的胃藥「舒暢」廣告詞：

舒暢

暢快

快好

一服見效

正是出自他之手。

他的才能備受肯定，就算自行開業也不成問題，但他完全沒有要自立門戶的意思。他任職於東京廣告這家公司，每月坐領高薪，對此頗為滿意。一直到昨天為止，他都是個克盡職守的員工。

對了。如今仔細回想，那就是自殺的原因。

當時他正以邋遢的模樣閱讀晚報，報紙內頁緩緩滑落桌下。

他望向那張報紙，感覺自己宛如一條慵懶的蛇，望著自己緩緩滑落的蛻皮。接著，他興起撿起報紙的念頭。當時他要是放著不管就好了，但他之所以會這麼做，是因為基於社會人

① 麥克納馬拉：Robert Strange McNamara，美國商人及政治家，美國共和黨黨員，曾任美國國防部長和世界銀行行長。

Life for Sale｜性命出售

5

士的習慣，覺得撿起來比較好嗎？還是基於恢復地面整潔這個重大的決心，才促使他這麼做呢？他自己也不清楚。

總之，他蹲向那座不太平穩的桌子底下，伸手撿拾。

這時，他看到一件很荒誕的事。

那張掉落的報紙上，靜靜蟄伏著一隻蟑螂。就在他伸手同時，那隻外觀油亮，呈桃花心木色的蟑螂，以飛快的速度逃竄，躲進報紙的印刷字內。

儘管如此，他仍舊不慌不忙的撿起報紙，將剛才看的報紙擱在桌上，望向他撿起的報紙頁面。這時他猛然發現，他想看的印刷字都成了蟑螂。他想定睛細看，結果上頭的字全以油亮的紅黑色背部面向他，做鳥獸散。

「啊，原來世界是這麼回事啊。」

他恍然大悟。明白之後，頓時很想一死了之。

不，這樣便淪為是為解釋而解釋了。

事情並非這麼簡單就能解釋清楚。他只是心想，就連報紙上的字也全都變成了蟑螂，那我活著又有何用，最後，「死」這個念頭驀然浮現他腦中。恰巧那天是個雪花紛飛的日子，

命売ります 6

鮮紅的郵筒戴上白雪化成的棉帽，打從那一刻起，死便與他極為相襯。

接著他莫名開心起來，跑到藥房買安眠藥，他覺得馬上就吞藥有點可惜，於是先看了三部電影，看完後，跑到他不時會去光顧的獵豔酒吧閒逛。

坐他身旁那位體態豐滿，看起來腦袋不太靈光的女人，他平時完全不會感興趣，但此刻卻難以壓抑很想告訴她「我待會兒要自殺哦」的這股衝動。

他微微以臂膀抵向女子那肥厚的臂膀。女子瞄了他一眼後，彷彿很吃力似的，慵懶的將身體從椅子上轉向他。面露微笑，活像一顆會笑的地瓜。

「妳好。」羽仁男道。

「您好。」

「妳真漂亮呢。」

「呵呵。」

「妳知道接下來我會說些什麼嗎？」

「呵呵。」

「我猜妳想不到。」

2

「倒也不是完全猜不出來哦。」

「我今晚打算自殺呢。」

女子並未感到吃驚，取而代之的，是咧嘴大笑。她笑著將一片魷魚乾塞進口中深處，嚼個不停。魷魚乾的氣味在羽仁男的鼻端揮之不去。

不久，女子的朋友們似乎到來，她誇張的抬起手，也沒知會一聲，便起身從羽仁男身旁離去。

於是羽仁男獨自走出店外，對於女子不相信他要自殺的事，感到怒火中燒。

雖然時間還很充裕，但既然已決定好要在「末班電車」內自殺，便得堅持到底，必須想辦法打發時間才行。他走進柏青哥店，開始玩起柏青哥。一直有鋼珠跑出來。他的人生明明就快終結，鋼珠卻源源不絕的滾出，就像在嘲弄他一般。

終於來到末班車發車的時間了。

羽仁男從驗票口走進，在飲水處服藥後，坐上電車。

自殺失敗的羽仁男面前,是個自由美好的世界,但感覺有點空虛。

從那天起,之前以為會永遠持續下去的每一天,突然就此中斷,他感覺什麼事都有可能發生。他可以清楚預見,每一天都將一去不返,不再重來,他的每一天都了無生氣,猶如死青蛙一般露出白肚皮,逐一陳列眼前。

他向東京廣告遞出辭呈,由於那是一家生意興隆的公司,所以給了他一筆優渥的離職金。有這筆錢,他可以不用看人臉色,自在的過活。

他在三流報紙的求職欄上刊登以下的廣告。

「性命出售。任君使喚。本人今年二十七歲,男性。會謹守一切祕密,絕不給您添麻煩。」

Life for sale 山田羽仁男

廣告貼出的第一天,沒人上門。羽仁男沒上班的日子,滿是空洞無趣的時間,但他一點都不覺得無聊。他常在房裡躺著看電視,或是做白日夢發呆。

並附上公寓地址,在房門前貼上一張以漂亮藝術字寫成的紙張,上頭寫道:

之前被救護車送往急救醫院時,他完全失去意識,所以沒半點記憶,但說來還真不可思

議，每當他聽到救護車的警笛聲，自己當時躺在救護車內的記憶便會逐一浮現腦海。清楚想起自己當時躺在病床上，頻頻打鼾，身穿白衣的消防員坐在他身旁，為了防止他因車子搖晃而從病床上摔落，緊緊按住毯子的畫面。那位消防員的鼻子旁有顆大黑痣⋯⋯

儘管如此，他全新的人生竟是如此空虛。恍如一間沒任何家具的空房。

到了隔天早上，才有人來敲羽仁男的房門。

開門一看，外頭站著一名身材矮小、衣著講究的老翁，他窺探羽仁男身後，神色慌張的反手關上房門。

「你就是山田羽仁男先生是吧？」

「是的。」

「我看到你在報上刊登的廣告了。」

「來，請進。」

羽仁男的住處，確實很像待過設計界的人所住的地方，裡頭清一色的黑色桌椅，地上鋪著紅地毯，他領著老翁走進房內一隅。

老翁活像是眼鏡蛇，舌頭在嘴裡發出嘶嘶聲響，客氣的向他行了一禮後，坐向椅子。

「要出售性命的人是你對吧?」

「沒錯。」

「你看起來很年輕,而且日子過得不錯,為什麼會有這個念頭呢?」

「這些無謂的事,您毋須多問。」

「對了⋯⋯你這條命,打算賣多少錢呢?」

「這個嘛,由您來決定。」

「你這樣也太不負責任了。自己的命值多少錢,要由你自己來決定。要是我說要用一百圓買下你,那你怎麼辦?」

「如果真是這樣也沒關係。」

「別說傻話了。」

老翁從懷裡取出錢包,掏出五張萬圓新鈔,像撲克牌般攤成了扇形。

羽仁男以不帶任何情感的眼神,收下那五萬圓。

「來吧,請您吩咐。不管什麼事我都會答應。」

「這個嘛,」老翁取出一根附濾嘴的香菸,說道:「抽這種菸,不會得肺癌。要不要來

一根?不過話說回來,出售性命的人根本不必擔心得肺癌。

「我要你辦的事很簡單。」

「我老婆⋯⋯其實是我第三任老婆,她今年二十三歲。年紀和我剛好相差半個世紀。」

「她是個好女人。胸部像這樣往兩側長,就像兩隻感情不睦的鴿子,各自把臉轉向一旁似的。她的嘴唇也是,甜美慵懶的嚷往上下兩方。說到她那迷人的胴體,實在無法用言語形容。那雙玉腿更是好看。雖然現在流行那種瘦得近乎病態的鳥腿,但我老婆的玉腿,則是從豐滿的大腿一路往腳踝變細,美得沒話說。臀部的曲線也是,就像春天時土撥鼠撥出地面的泥土般渾圓好看。」

「我想委託你的工作,就是接近我老婆,成為她的相好,然後刻意讓那名第三國人發現你們兩人私通的事。到時候你會沒命,而我老婆大概也會被他宰了。如何?這麼一來,我也才能嚥下這口氣。⋯⋯就是這麼回事。你願意為我而死嗎?」

「哦⋯⋯」羽仁男一臉無趣的聽完他的說明後應道:「不過,事情能進行得這麼浪漫

「她拋下我一個人,自己在外遊蕩,如今成了第三國人②的小妾。這個第三國人可不是個普通壞蛋,他名下擁有四間餐廳,之前因土地糾紛,還曾殺了兩、三個人。」

命売ります　12

嗎?你的夢想,是向你妻子復仇,但要是你妻子和我在一起,覺得很高興,就此在幸福中死去,你覺得怎樣?」

「她才不是那種死了會覺得高興的女人呢。這點她和你不同。她不管怎樣也會想要活下去。這種念頭就像咒文一樣,寫滿她全身。」

「你怎麼會知道?」

「要不了多久,你也會明白的。總之,我希望你能為我而死。應該不需要簽契約吧?」

「不需要。」

老翁口中再度發出嘶嘶的聲音,若有所思。

「你死後,有沒有什麼需要我替你辦的?」

「沒有。喪禮和墳墓一概都不需要。只有一件事,那就是我一直都想養隻暹羅貓,但因為嫌麻煩,一直都沒機會如願,所以我死後,如果你能代替我飼養的話,我會很感激的。還有,牛奶不是用一般的盤子餵食,依照我的想像,我希望你能把牛奶放在大鏟子裡來餵貓

② 第三國人:二次世界大戰後,在美國的占領下,留在日本的韓國人和中國人。

喝。等貓小小口的喝了一、兩口後，再以鏟子托起貓的下巴餵牠。這麼一來，貓臉會沾滿牛奶，完全溼透。每天一定都要像這樣做一次。這點很重要，請不要忘記。」

「完全搞不懂你在想什麼。」

「那是因為你一直都住在符合常識的世界裡。就連今天這項委託，也完全沒半點想像力。對了，要是我平安歸來的話，這五萬圓要還你嗎？」

「不必了。只不過，到時候希望你務必把老婆除掉。」

「這樣不就成了委託殺人嗎。」

「說的也是。總之，只要能讓那個女人完全從這世上消失就行了，不過，我不希望對此感到一絲罪惡感。因為我已經吃了那麼多苦頭，要是再加上罪惡感，實在太不划算了。……那麼，我希望你今晚馬上展開行動。到時候要是有什麼附加費用，再跟我申請就行了，我會支付。」

「你說展開行動，要去哪裡呢？」

「你帶這份地圖去吧。地點是這處坡道上，一棟名叫 Villa Borghese 的高級大廈裡的八六五號房。好像是最頂樓一間很氣派的房間，我老婆什麼時候會在那裡，我不清楚。接下

命売ります 14

「你妻子叫什麼名字？」

「岸琉璃子。和首相岸信介同姓。」

老翁如此說道，臉上閃耀著不自然的光輝。

3

老翁離去時，一度關上了門，接著又折返回來，交代以下這番話，身為性命的買主，他這樣說一點都沒錯。

「啊，有件重要的事忘了說。你絕不能向任何人透露委託人的身分，甚至連委託的事也不能洩露半句。既然你要出售性命，總該有這最基本的商業道德吧？」

「這點你完全不必操心。」

「你不寫份合約書給我嗎？」

「別說笑了。要是我寫合約書給你，不就不打自招，證明我是接受你的委託嗎？來你得自己去查探了。」

「說的也是。」

因為過於擔心，老翁那沒裝好的假牙發出嘶嘶的聲音，再度擠進屋內。

「那麼，我要怎樣才能相信你？」

「既然要相信，就徹底相信，要懷疑，就徹底懷疑，除此之外別無他法。不過先生，你來到我這裡，付我這筆錢，光是這樣，我便開始相信這世上有信賴這東西的存在。不過先生，雖然我是受你所託，但根本不清楚你的身分，這樣你不是可以放心嗎？」

「說什麼傻話。琉璃子一定會告訴你的。」

「原來如此。不過，這些年來，我好歹也算閱人無數。一見到你，便覺得你這個人可以信賴。」

「說的也是。我對這種事一點都不感興趣。」

「如果你需要錢用，可以在新宿車站中央出口的告示板上留言『等錢用，明天早上八點，LIFE』。我每天都會逛百貨公司，在百貨公司開門前的這段時間沒事可做，所以如果是早上要見我，盡可能早一點。」

老翁就此告別，正準備離開時，羽仁男也跟著走出門外。

「你要去哪兒？」

「那還用說。當然是Villa Borghese大廈八六五號房啊。」

「你還真是急性子呢。」

羽仁男想到一件事，將掛在門上的「Life for sale」的牌子翻至背面。

背面寫著「業已售罄」。

4

Villa Borghese是位於屋舍櫛比鱗次的市街坡道上，一棟鶴立雞群的白色義大利式建築，不必核對地圖，從遠處一看便知。

他往櫃台窺望，見那裡只有一張空椅子，再無他人，於是便大搖大擺朝裡頭的電梯走去。他此時走路的模樣就像有人以線繩操控般，完全不帶有自己的意志，那不帶半點責任感的開朗神情，與自殺前的他判若兩人。此時他的人生顯得輕鬆快意。

上午時分，走在幽靜的大廈八樓走廊，不一會兒工夫便找到八六五號房。他按下門鈴，門內接連傳來悠閒的叮咚聲。

不在家嗎？

不過，羽仁男直覺，今天早上一定只有那個女人獨自在家。因為現在正是情婦送走情夫後，睡回籠覺的時刻。

羽仁男心中如此判斷，執拗的持續按著門鈴。

終於感覺有人走向門邊。房門打開後，裡頭連著門鏈，從門鏈所能打開的最大縫隙裡，露出一名女子驚訝的臉孔。她雖然穿著一襲睡袍，卻非剛睡醒的表情，五官清楚鮮明，完全沒走樣。果然如同老翁所言，嘴唇微往上下兩邊噘。

「你是誰？」

「我是Life for sale公司的人，不知您是否願意投保壽險？」

「拜託。我已經受夠壽險了。我的性命很夠用，不需要保險。」

女子態度冷淡的應道，但是卻沒完全把門關上，照這樣看來，她似乎有點感興趣。羽仁男使出推銷員的本領，一隻腳已先卡進門縫裡。

「我沒要您請我入內。只是想請您聽我說明一下而已。很快就說完了。」

「我可不想挨我先生罵。況且，我現在又是這身打扮。」

「那我二十分鐘後再來拜訪。」

「這樣啊⋯⋯」女子思忖片刻。「這段時間，你就先去別家推銷吧。二十分鐘後再來按門鈴。」

「我明白了。」

羽仁男縮回鞋子，門就此關上。

這二十分鐘的時間，羽仁男一直坐在走廊盡頭處窗邊的沙發上。可以從那裡俯瞰冬日豔陽下的市街景致。他很清楚，這個市街宛如白蟻窩一樣，被嚴重啃食。人們見面時，肯定都會互相寒暄著：

「早安啊。」

「你最近工作怎樣啊？」

「夫人好嗎？孩子呢？」

「國際情勢愈來愈緊繃了呢。」

然而，都沒人發現這樣的對話已無任何意義。

他抽了兩、三根菸後，又前往敲門。

這次女子很乾脆的打開門，穿著一件衣領敞開的黃綠色套裝。

「請進。」女子迎他入內。「要喝茶還是喝酒？」

「就推銷員來說，這樣算是破格的待遇了。」

「你說你是保險推銷員，根本是騙人的。剛才我一看就知道了。既然要演戲，就要演好，得演得再逼真點才行。」

「是，我明白了。那請給我一杯啤酒吧。」

琉璃子眨起單眼，嫣然一笑，緩緩從房內穿越，與她纖瘦的身材不太搭調的豐臀，令羽仁男留下深刻的印象後，就此消失在廚房裡。

不久，兩人端著啤酒乾杯。

「話說回來，你到底是什麼人啊？」

「就當我是送牛奶的吧。」

「你可眞會耍人。不過，你來到這裡，應該知道這是個極度危險的地方吧？」

「不。」

「那麼，是誰委託你來的？」

命売ります 20

「沒人委託我。」

「那就怪了。這麼說來,你是胡亂按人家門鈴,然後剛好正合你願,有個像我這樣的性感美女在屋裡是嗎?」

「可以這麼說。」

「那你運氣可真好。我這裡沒有下酒菜。一早就喝啤酒配洋芋片,很怪對吧?對了,我應該還有起司。」

她急忙前去開冰箱查看。

「哎呀,好冰呢。」女子說道。

接著她朝盤子擺上生菜沙拉,上頭放了一個黑色的東西,朝這裡走來。

「你吃這個吧。」

說完後,她走到羽仁男身後,行徑古怪。

這時,有個冰冷的東西從後頭緊緊抵向羽仁男臉頰。他斜眼往下瞄,發現原來是一把手槍。但他並不覺得驚恐。

「唔,很冰對吧?」

「是啊。妳一直都放在冰箱裡嗎？」

「嗯，因為我不喜歡溫溫熱熱的凶器。」

「妳可真講究。」

「你不怕嗎？」

「不會。」

「別看我是女人就小看我。我會慢慢讓你從實招來的，你就先喝口啤酒，誦念阿彌陀佛吧。」

琉璃子小心謹慎的把槍移開，保持距離繞了一大圈，坐向羽仁男對面的椅子。手槍始終瞄準他。羽仁男端著啤酒杯的手完全沒顫抖，但琉璃子的手倒是微微打顫，羽仁男望著這一幕，覺得有趣。

「你喬裝得可真像。你是第三國人對吧？在日本待幾年了？」

「別開玩笑了。我是如假包換的日本人。」

「胡扯。你一定是我先生派來的間諜。不是姓金就是姓李對吧？」

「我倒是想問問看妳那無端的妄想是哪來的根據。」

命売ります　22

「你可真冷靜。果然不是普通人。……那麼，你可能早就知道了，但我還是再說明一次吧。那個人很會吃醋，昨晚因為一件沒來由的事而懷疑我，造成我很大的困擾，他終於決定派小弟來監視我了。而且不是站在遠處監視，是大搖大擺的走進家中來勾引我，以此來測試我。想得美！他們要是敢靠近我一步，我就開槍。因為當初送這把手槍給我護身的人就是他，他希望我能好好使用這把槍。……對了，也許你什麼都不知道，就這樣被派來這裡。掉進陷阱的人其實是你，你不知道自己是被他選出派來這裡讓我射殺，以證明我貞潔的角色。」

「哦，」羽仁男一臉無趣的撐起眼皮，注視著女子。「既然橫豎都得死在妳手上，那就和妳上過床之後再死吧。要我發誓也可以，等我們上完床後，我會乖乖讓妳一槍斃命。」

琉璃子漸感焦躁不安的模樣，清楚映入羽仁男眼中，就像在看一張畫有複雜等高線的山岳地圖般。

「不管我說什麼，你都不害怕呢。難道你是ACS的人？」

「妳說的ACS，有自己的電視台對吧。」

「少跟我裝蒜。你是Asia Confidential Service（亞洲祕密服務）的人吧？」

「愈聽愈迷糊。」

「一定是這樣沒錯。啊，我太傻了。差點就殺了人，一生淪為他的俘虜。他為了讓我成為他疼愛的女人，想出了如此浪漫的劇本。首先是讓我為了守住貞操而殺人，接下來，他這位在日本各地藏匿殺人犯，排名前五的黑道老大，打算就此將我一輩子留在身邊。實在太可怕了。既然你是ACS的人，何不早說呢。」

琉璃子一口咬定是這樣，將手槍拋向一旁的靠枕上。

「既然你是ACS的人，早說不就好了嗎？」

「既然這樣，你其實是要找他對吧？我不知道你們是以壽險當暗號。他事先跟我說一聲不就得了嗎。不過，你還真不會演戲呢。你在ACS裡頭算是菜鳥對吧？你受了幾個月的訓練啊？」

「六個月。」

「哎呀，太短了。這麼短的時間，你竟然有辦法精通東南亞的語言以及中國的各地方言。」

「還好啦。」

不得已，羽仁男只好隨口蒙混過去。

「不過，你還真有膽識。令人佩服。」

琉璃子神情轉為開朗，說了幾句恭維話後，站起身，往陽台外窺望。陽台上擺了一張白漆斑駁的庭園椅，同樣款式設計的庭園桌玻璃邊框上，昨天下雨留下的雨水正微微顫動。

雖然搞不清楚她指的是幾公斤的什麼物品，但羽仁男還是隨口應了一句「這我不能說」，打了個哈欠。

「那麼，他請你搬運幾公斤？」

「寮國的黃金很便宜。以永珍的市場行情來看，只要能帶往東京，至少也能賺上一倍價差。之前ACS的人就處理得很巧妙。把黃金熔進王水中，裝成一打蘇格蘭威士忌帶了回來，然後再復原成黃金，這真的可以辦到嗎？」

「那是大家對辛苦的功績添油加醋，過度吹噓啦。像我就穿著一雙黃金做的皮鞋，外面貼上鱷魚皮，就這樣回國，腳底冷死了。」

「就是這雙鞋嗎？」

琉璃子明顯露出好奇之色，望向羽仁男腳下，但看不出黃金的重量和亮澤，反倒是羽仁男望見琉璃子低頭時露出的深邃乳溝。那是老翁所說的「各自把臉轉向一旁」、感情不睦的乳房，如今硬是從左右兩旁往中間擠，形成這道粉白的深溝。琉璃子似乎往裡頭撲粉。羽仁男暗自想像，要是親向她乳溝的話，一定就像把鼻子埋進嬰兒爽身粉裡一樣。

「聽說美國的武器是經由寮國走私到日本，到底是怎麼辦到的？是經由香港嗎？真是大費周章。只要前往立川基地，到附近走走逛逛，明明到處都是美國的武器啊。」

羽仁男沒搭理她這個問題。

「對了，妳先生什麼時候回來？」

「中午會回來一下。他應該和你聯絡過了吧？」

「我想早點和他見面。那麼，在那之前，我們先上床吧。」

羽仁男又打了個哈欠，開始脫去外衣。

「你好幾天沒睡了吧。我先生的床借你用。」

「不，睡妳的床就行了。」

羽仁男突然一把抓住琉璃子的手臂。琉璃子極力抵抗，伸長手，想再次握住手槍。

命売ります　26

「笨蛋,你想死啊?」

「不管妳先生會不會回來,反正我都會被殺死。結果還不是一樣。」

「對我來說不一樣啊。如果現在我殺了你,我還能活,但要是我先生進門時,見我們兩人在床上,你我都會沒命的。」

「這算術很簡單。那我問妳,要是妳毫無理由就殺了ACS的人,會有什麼懲罰等著妳,妳知道嗎?」

「會這樣。」

琉璃子搖了搖頭,臉色慘白。

羽仁男冷不防走向櫥架,拿起一具瑞士的民俗人偶,做出折斷背脊的動作,那具人偶往後仰身,彎成兩截。

5

羽仁男先脫光衣服,鑽進被窩裡,心不在焉的盤算著計畫。

「總之,要盡可能撐久一點。愈久愈好。這麼一來,她先生回到家裡,我被射殺的可能性將會大增。」

他認為在做愛時被殺死,是無與倫比的死法。如果是老翁,這樣有點不太名譽,但如果是年輕人,再也沒有比這更名譽的死法了。

不過,他真正的理想,是在被殺害前,什麼也不知道,從陶醉的快活巔峰,直接一頭墜落死亡深淵,這才是最棒的死法。

以羽仁男的情況來說,他沒辦法這麼做。他一方面有預感自己會被殺害,一方面又得拖延時間,這是他眼前要顧及的生意。一般來說,這樣的恐懼和不安會妨礙性愛的歡愉,但羽仁男不一樣。死亡已近在眼前,這是一處已經開口的空間,他已見過那樣的空間,所以不會大驚小怪。在走向死亡之前,他擁有的是許多不同瞬間的生命,他只要好好享受這些時間,盡量拖延就行了。

琉璃子應該是對自己頗有自信。她隨手將窗前的百葉窗拉成半掩的狀態,也不拉上窗簾,在宛如水族館般的藍光中,脫得一絲不掛。由於浴室門敞開著,可以清楚看見她全身赤裸站在鏡子前,時而以香水瓶朝腋下噴灑,時而朝耳後抹香水。

命売ります　28

她背部的線條，來到臀部後圓圓鼓起，讓人覺得摟在懷中一定很舒服。望著眼前的活色生香而感到亢奮的羽仁男心想，不能這樣就衝動。

不久，她赤裸著身子，姿態優雅的沿著床邊繞了一圈，然後以制式化的動作走上床。明知在上床前談這件事很不恰當，但羽仁男還是抑制不了心中的好奇。

「妳為什麼要沿著床繞一圈？」

「這是我的儀式。狗在睡覺前不也常這麼做嗎？這算是一種本能。」

「真教人驚訝。」

「來，沒時間了。快點抱住我。」

琉璃子闔上眼，雙手勾向羽仁男脖子，慵懶的說道。

羽仁男花了不少時間，先試了一次，然後又回到準備階段，一再讓她慾火焚身，展開拖長時間的策略。但在他做第一次嘗試時，試第二次，又回到準備階段，對此頗感訝異。琉璃子的胴體果然不同凡響，難怪老翁會對她如此執著。羽仁男的計畫差點就此失敗，但他好不容易挺住。

問題在於要讓琉璃子認為他想一直這樣溫存下去，就算死亡的危險步步逼近，仍舊想保

持這樣，為此，羽仁男可說是使出了十八般武藝。讓琉璃子感受到他要是就此結束會有多不甘心，並一再拉長時間，讓琉璃子覺得「太好了，沒有就這樣結束」。羽仁男對休息時間的掌控頗有自信。她是個囚犯，流著眼淚想抓緊天窗灑落的天光，卻又滑落地面。

羽仁男時而進攻，時而休息，接著又奮力再戰，每當他進一步嘗試，就會險此落入琉璃子那奇妙的陷阱中，為了保留餘力，他只能不讓自己滿足，心不在焉的望著琉璃子逐漸達到忘我之境的背影。

正當兩人雲雨之際，羽仁男聽到有人緩緩轉動門鎖的聲響。

琉璃子渾然未覺，微微冒汗的臉往左右擺動，雙目緊閉。

「歡迎光臨。」

羽仁男如此暗忖。這麼一來，應該會有消音手槍之類的武器，從他背後打出一個小小的紅色窟窿，穿透琉璃子的前胸。

傳來房門輕輕關上的聲音。擺明有人走進屋內，但什麼事也沒發生。

羽仁男連轉頭望都嫌懶，既然對方給了他這麼充足的時間，索性就把事情辦完吧。要是

能在達到巔峰的那一剎那死去，就太走運了。雖然羽仁男並不是為了等候這一刻才一直活到現在，但是面對這幸運得來之物，他抱持著渴求許久的心情，就此縱身投入琉璃子那精妙絕倫的陷阱中。待餘韻平息後，還是什麼事也沒發生，於是他像蛇昂首吐信般，從琉璃子身上轉頭而望。

這時，他發現眼前有個身穿杏黃色古怪外衣、模樣肥胖滑稽的男子，頭戴一頂貝雷帽，膝上攤著一大本素描本，正全神貫注的握著鉛筆作畫。

「啊，請保持這樣別動。」

男子輕聲說道，目光復又移回紙上。

一聽聞這個聲音，琉璃子馬上一躍而起，那駭人的驚恐表情，令羽仁男嚇了一跳。琉璃子使足了勁一把拉過床單，纏向自己身軀，坐在床上。羽仁男就此全身不蔽一物，而他此時也只能就這樣坐在床上，斜眼來回望向琉璃子和那名中年男子。

「你為何不開槍？為什麼不快點殺了我。」

琉璃子驚聲尖叫，就此放聲號啕大哭。

「我懂了。你想活活凌遲我對吧。」

「用不著這樣大吵大鬧。妳冷靜一點。」

男子仍握筆作畫,一副不願就此結束的模樣,操著一口怪腔怪調的日語如此說道,完全無視於羽仁男的存在。

「我正在素描。這會是一部好作品。你們運動的模樣真的很美。就此激起了我的藝術心,可以請你們先別講話好嗎?」

羽仁男和琉璃子只好保持沉默。

6

「好,完成了。」

男子闔上素描本後,脫下貝雷帽,一起放在桌上。接著走向他們兩人,像小學老師似的,雙手叉腰。

「你們兩個都快穿上衣服。會感冒的。」男子道。

此舉令羽仁男大感意外,他就此開始穿上剛才胡亂脫向一旁的衣服,琉璃子則是裹著床

命売ります 32

單，悻悻然站起身，走進房間。拖地的床單卡在門上，她暗啐一聲，態度冷漠的把床單拉進房內後，粗魯的關上房門。

「請往這兒坐。來喝一杯吧。」男子說。

不得已，羽仁男只好回到剛才他和琉璃子一起坐著喝酒的椅子。

「她得花些時間梳妝打扮。應該會在浴室裡待上三十分鐘吧。在這裡等也沒用。先喝一杯。一杯喝完後，你就乖乖回家去吧。」

男子從冰箱裡取出一瓶曼哈頓，動作俐落的朝兩人的雞尾酒杯裡各放一顆櫻桃，然後往裡倒酒。男子的手很肥厚，讓人聯想到無限的寬容。他手背的指根處還長著四個酒窩。

「對了，你是什麼人，我並不想問。因為就算問了也沒用。」

「琉璃子小姐把我說成是ＡＣＳ隊員⋯⋯」

「這件事你用不著知道。ＡＣＳ只存在於驚悚漫畫裡。我其實很講究和平。連一隻蟲子都沒殺過。不過，她有性冷感的毛病。所以為了帶給她刺激，讓他感受刺激的滋味，我是如假包換的安排了許多殺人設計。她也就此獲得滿足，還當那把玩具槍是真槍，到處拿槍示人。我安排了許多殺人設計。她也就此獲得滿足，還當那把玩具槍是真槍，到處拿槍示人。

和平主義者，認為日本國民得和睦相處，一團和氣的從事貿易，做買賣，互相幫忙，這點非

常重要。別說傷害別人的身體了，就連傷害別人的心靈，我也是百般不願。我認為這就是最重要的人道主義。你不這樣認為嗎？」

「一點都沒錯。」

羽仁男聽得目瞪口呆。

「她對追求和平的我沒半點感覺，卻對緊張刺激充滿憧憬，沉迷看驚悚漫畫。她就喜歡這樣，如此一來，好演戲。假裝我已殺過許多人。並向她編造ACS之類的謊言。她就喜歡這樣，如此一來，她的性冷感就能治癒，所以她總是將自己封閉在這種幻想的象牙塔裡。如果我真像她說的那樣，日本警察那麼厲害，怎麼可能放任我逍遙法外。不過，為了能和她享受魚水之歡，我成了殺人如麻的黑社會老大，這種感覺也不壞。」

「這樣我明白了。不過，你為什麼放了我⋯⋯」

「你又沒任何過錯。你帶給琉璃子快樂，可說是我的恩人，我怎麼能責怪你呢。再喝一杯如何？喝完這杯後，就馬上回家去吧。最好別再來了。要是我吃醋的話，那可就傷腦筋了。不過，剛才我畫了一幅很棒的畫，請看一下。」

中年男子攤開那本素描本。

命売ります 34

這幅畫功遠在外行人之上的素描，畫著男子所說的「運動」。連羽仁男本人看了，也覺得它是如此美麗聖潔，宛如精悍充滿活力的野生小動物在嬉戲般。猶如人類因心中充滿歡愉而呈現出開朗活躍的舞姿，確實是貨真價實的「運動」。羽仁男在滿腦子心機下做出的這項充滿理性的運動，從這幅畫中完全感受不到。連他也不自主的坦然誇讚：「真是一幅好畫。」把畫還給男子。

「很棒的畫對吧。人在愉快的時候最美了。這是最和平的姿態。我不想破壞這個畫面，讓它維持這樣即可。只要把它畫成圖畫就行了。……那麼，趁琉璃子還沒出來前，你快回去吧。」

男子站起身，伸手想要握手。

羽仁男很不想和那宛如軟墊般的手相握，他認為是該離開的時候了，就此站起身向男子說道：「那我就此告辭。」

朝門口走去。

接著男子伸手搭在羽仁男肩上。

「你還年輕。就忘了今天的事吧，可以嗎？今天發生的事、這個地方、今天見過的人，

全部忘掉。知道嗎？唯有忘了它，你才會留下美好的回憶。這句話是我送你的餞別禮。這樣你明白了嗎？」

7

在這番通情達理的成熟話語送行下，羽仁男來到明亮的戶外，連他也覺得今天早上的體驗宛如一場可笑的幻影。他一直自認是個虛無主義者，但如今卻受到大人的智慧開導，感覺彷如從一名青年成長為獨當一面的大人。簡言之，對方當他是個小鬼，沒跟他計較。

他走在冬日的街道上，懷疑是否有人會跟蹤他，回身望去，卻根本空無一人。羽仁男認為連他也被驚悚漫畫給騙了，不，不只是他，恐怕連委託他的那名老翁也被騙了。

附近有家新開的小酒館，他走進店內歇息。點了咖啡和熱狗。

當女服務生送來法國芥末醬的瓶子，以及新鮮的香腸從麵包中間露出油亮外皮的熱狗時，羽仁男若無其事的問道：「今晚有空嗎？」

那是一名身材清瘦、冷若冰霜的女子，打從白天起就化著晚上的濃妝，緊抿的雙唇就像

在說她一輩子也不笑。

「現在還是白天哦。」

「所以我才問妳晚上有沒有空啊。」

「現在是白天，我不知道晚上是什麼情形。」

「哦，妳的意思是未來不可知是吧？」

「沒錯，十五分鐘後的事，都無從得知。」

「還十五分鐘呢，區隔得真明確。」

「因為就連電視也是每隔十五分鐘就播廣告，暫時休息。這樣接下來的節目不是很令人期待嗎？人就是這樣。」

女子朗聲大笑，就此離開。意思是他被甩了。

但羽仁男完全沒放在心上。原來這女孩是以電視作為人生的模範。這麼做，或許凡事都能穩當、正確，而又令人安心。明明每隔十五分鐘，電視節目就會因為廣告而中斷，那又何必去想今晚的事呢。

羽仁男此時就算回公寓，也沒事可做，所以他四處遊蕩，盡可能不花錢，半夜才回到公

雖然懷裡有五萬圓，但他覺得這筆錢得歸還老翁才行。

老翁下次不知道什麼時候會露面。

在老翁露面結算之前，他這條性命的買主仍是那名老翁，所以掛在門外的那面「業已售罄」的牌子最好還是保持原樣別動。

當天晚上羽仁男睡得很沉。翌晨，有個腳步聲停在門外，似乎正望著牌子思索，也沒敲門就這樣離去。寤寐間，他以為來的是殺手，但接著他開始反省，自己現在竟然還被虛假的驚悚故事欺騙，他一面煮早餐的咖啡，一面對著牆上的鏡子做鬼臉。

羽仁男發現接下的這一整天，他都在等候老翁前來，對此頗為驚訝。他想早點見老翁一面，請老翁對他的性命做安排。既然他都買下了，好歹也要關心一下商品。想到老翁要是在他外出時前來，那就麻煩了，所以他一整天都沒外出。

冬日西下。公寓管理員前來發送晚報，晚報從昏暗的房門底下塞了進來。

打開晚報的社會版報導，他看到上面刊登了琉璃子的大頭照，大吃一驚。

「隅田川出現一具美女浮屍。尚不清楚是自殺還是他殺。從死者遺留在橋邊的手提包中

命売ります　38

發現一張名片，上頭沒寫住址，只寫著『岸琉璃子』一行字。

新聞報導以離奇詭異的筆調來描述這起案件。

8

看完晚報，正當羽仁男對琉璃子的死感到茫然時，那名老翁剛好前來，來得正是時候。

老翁滾也似的衝進房內，在房裡手舞足蹈的喚道：「太好了，幹得漂亮。你用這招，所以才沒死是吧？嗯，果然是個厲害的生意人。謝謝你、謝謝你。」

這句話惹惱了羽仁男，他一把揪住老翁胸口的衣領。

「好了，你快滾吧。五萬圓還你，拿回去。」他把錢塞進老翁口袋，對他說道：「這是你買我性命的錢，既然我現在還活著，就沒道理拿你的錢。」

「你先別生氣，先聽我把話說完嘛。」

老翁極力抵抗，手腳不住揮動。他從屋內握住門把，大呼小叫，羽仁男擔心會驚動公寓其他住戶，這才鬆開他，老翁齒縫間發出嘶嘶的聲音，誇張的喘息著，一屁股坐向地面，接

著爬向一旁，坐上椅子後，極力維護自己的威嚴。

「你不該對我這上了年紀的人動粗。」

接著他發現口袋裡那筆錢，氣沖沖的一把抓起那疊鈔票，擱在菸灰缸上。老翁難道是想點火燒了那疊鈔票？羽仁男很感興趣的緊盯著瞧，但老翁並沒那個意思，那疊皺巴巴的鈔票宛如一朵骯髒的人造花，在菸灰缸上綻放。

「也難怪我會這麼高興。因為琉璃子是如何瞧不起我、折磨著我，年輕的你是無法想像的。她罪該萬死，而且這是她應得的報應。對了，你和琉璃子睡過對吧？」

羽仁男感到氣血直衝腦門，但他還是忍不住低頭望向地面。

「被我說中了吧。你們睡過了對吧？她是很特別的女人吧？你是不是這麼想啊？只要和那個女人睡過，你就會開始恨她。因為日後和其他女人上床，都會感覺味如嚼蠟。……對了，坦白說，我已上了年紀，不能和她行魚水之歡。走到這一步，不管怎樣，我都只能殺了她。」

「這道理還真是簡單明瞭。那麼，是你殺了她囉？」

「喂，這種玩笑可不能亂開啊。如果我有那個能力，何必來委託你？殺害她的人是……」

「這件事是他殺嗎?」

「當然是他殺啊。」

「我總覺得這一切像是在謊言包裝下,意想不到的一連串偶然事件所引發。我打算明天再去一次那棟大廈⋯⋯」

「勸你千萬別這麼做。那裡現在一定有警察把守。哪有人會像你這樣去自投羅網。你千萬不能做傻事。」

「說的也是。」

羽仁男覺得,即使現在去也已無濟於事。如今那彈性十足的胴體已不存在,就算去到那空蕩蕩的房間,又能怎樣呢?那裡現在一定只有一把放在冰箱裡的手槍。

「不過,不可思議的是⋯⋯」羽仁男這才開始冷靜下來,決心將自己經歷的事逐一告訴老翁。

老翁從齒縫間發出嘶嘶的聲音,一直靜靜聆聽,不過在這段時間裡,他那滿是老人斑的手時而神經質的摸向領帶的領結,時而輕撫稀疏的頭髮,無意識的展現出他年輕時遺留下的公子哥習慣。接著他望向窗外,看到幾戶房舍屋簷間的枯垂柳樹,在窗邊燈光的照耀下,隨

夜裡的寒風擺盪。老翁的模樣如同在探尋心中落寞的歡樂回憶。

「說來最不可思議的，是我竟然沒被殺害。要是日後我成為證人，不就很麻煩嗎？」

「這種事一猜就知道了。那個男人當然是早就下定決心要取那女人的性命。你只是個礙事者。這樣你知道了吧？那個男人大概也同樣為了她耗損太多精氣，身體肯定已經不行了。如果在屋裡連你一併殺了，便如同把你和那個女人一起送到另一個他到不了的世界。相較之下，他寧可採用能夠獨占那女人的殺人方式。當然了，你的行為肯定令他的殺意更加堅定。」

「可是，那個男人真的是凶手嗎？看起來一點都不像呢。」

「你可真沒眼光。他是殺人組織裡的老大。就算你日後當證人，他也早已想好方法，不會讓你逮著他的狐狸尾巴。搞不好現在他正堂而皇之的待在那棟大樓的房間裡，上演一齣為琉璃子的死悲嘆落淚的戲碼呢。對了，這起殺人案，你最好早點忘掉。反正這個案子最後一定破不了案。你最好也別多話，專心做你的生意吧。……最後，為了慶祝成功達成任務，我再多給你五萬圓。」

老翁朝那切角玻璃製成的大菸灰缸上頭又放了五張萬圓鈔票後，就此準備離去。

「這麼一來，我們就再也沒機會再見了吧。」

「我也希望如此。琉璃子沒提到我的事對吧?」

這時，羽仁男突然興起惡作劇的念頭，如此說道:「這個嘛，倒也不是完全沒提哦。」

「咦?」老翁臉色轉為慘白。「難道她講出我的身分和名字……」

「到底有沒有說呢……」

「你打算勒索我是嗎?」

「就算我向你勒索，你也沒犯什麼刑法上的罪，不是嗎?」

「話是這樣說沒錯……」

「我們只是彼此合作，想要轉動世界這個危險的大齒輪罷了。一般來說，如果只是這麼點小事，這世界是不會因此撼動分毫的，不過，只要我敢捨命去做，就連殺人案也有可能發生。你不覺得很棒嗎?」

「你真是個奇怪的男人，就像自動販賣機一樣。」

「沒錯。只要投入銅板就行了。機械會賣命的工作。」

「人也有辦法變得像機器人一樣嗎?」

「這得看有沒有覺悟囉。」

羽仁男嘴角輕揚，看在老翁眼中，似乎覺得很陰森駭人。

「你到底想要多少？」

「如果我想要錢的話，會再去找你，今天這樣就夠了。」

老翁逃也似的衝向門邊。羽仁男朝他背後喊道：「暹羅貓的事就不用麻煩了。因為我還活著。」

羽仁男手伸向門外，再次將「Life for sale」的牌子翻向正面，打著哈欠走回屋內。

9

他是死過一次的人。

理應對這世界沒任何責任，也不存有任何執著。

對他而言，這世界不過是以蟑螂文字拼湊而成的報紙罷了。

如果是這樣，那琉璃子呢？

琉璃子化為冰冷的屍體被人發現，警方應該會積極找尋凶手才對。他有自信在那棟大廈裡沒被人撞見，而且他在走廊等候的那二十分鐘裡，也沒和任何人打過照面。離開大廈後，也沒人一路跟蹤他來到公寓的跡象，簡言之，他就像一陣煙，混雜在這個社會中。當然不必擔心會被傳喚當證人。比較危險的是，那名老翁有可能會被傳喚為證人，而向警方說出羽仁男的事，不過，此事完全毋須擔心。因為老翁很怕和羽仁男扯上關係，此事再清楚不過了。

既然如此，就算是羽仁男殺了琉璃子，最後一樣無法破案。

想到這裡，羽仁男不禁感到寒毛直豎。

難道殺害琉璃子的人真是他自己嗎？

在這一切都脫離現實的世界，他會不會是在不知不覺間中了那名戴貝雷帽的男子所下的催眠術，殺了琉璃子呢？也許就在那天晚上他熟睡的那段時間裡。

他出售自己的性命，最後只是用來殺人嗎？

不，這些都是自己在胡思亂想。他沒任何責任。

連繫這社會與羽仁男的絲線，應該早就斷了。

若真是如此，他與琉璃子那甜美、糾纏的回憶又是什麼？他的肉體感受到某種歡愉，這

又代表了什麼含義呢？

或者應該說，琉璃子這個女人是否真的存在？

他不想再對自己出售性命的事悶悶不樂。

今晚自己一個人來做點什麼事吧。之前我這條命賣了十萬圓，現在又能再轉賣了。像喝酒這種平凡無奇的事，羽仁男並不想做。這時他猛然想起某件事，從櫥櫃裡取出一個有張滑稽臉孔的老鼠玩偶。這是以前某位做這種工藝品的女子送他的。

這隻老鼠有個像狐狸般突尖的嘴，鼻尖有幾根稀疏的毛。小眼睛是黑色珠子作成，這種設計點子很普通。然而，這老鼠卻穿著一件精神病患的拘束衣。也就是說，那是雙手交纏，無法隨意行動的一件堅固白衣。胸前還以英語寫著：「這名患者帶有狂性，請多小心。」

羽仁男認為，這隻老鼠之所以無法行動，都是因為這件拘束衣的緣故，而且他以很合乎邏輯的想法猜測，這隻老鼠之所以長著一張極其平庸而且大眾化的鼠臉，全因為牠是個瘋子。

「鼠老弟。」

他如此喚道，但老鼠沒回應。也許老鼠患有厭人症。

雖然這不是「鄉下老鼠與東京老鼠」的故事，不過，搞不好它是隻鄉下的東京老鼠矇騙，因而被大都會的重壓給徹底壓垮。而這隻身處大都會的老鼠，一直深受某個問題苦惱，最後終於狂性大發。

羽仁男想好好和這隻老鼠共進晚餐。

他讓老鼠坐在餐桌對面，在它的拘束衣上圍上餐巾，讓它在此等候晚餐上桌。那隻發瘋的老鼠端坐靜候。

他還準備了自己的一份，擺在桌上。

他如此思考老鼠的菜單後，替它準備了起司，以及它的利牙可以輕鬆啃食的小塊牛排。

他如此邀約，但老鼠沒回應。看來，這隻瘋老鼠罹患了厭食症。

「來，鼠老弟，吃吧。用不著客氣。」

「喂，你為什麼不吃。我如此用心準備的晚餐，你不滿意是嗎？」

一樣沒回應。

「哦，用餐時沒音樂吃不下飯是吧。你可真奢侈。我就來播放你可能會喜歡的曲子吧。」

他用餐到一半霍然起身，以立體音響播放德布西的〈沉沒的教堂〉。

老鼠依舊板著臉孔，一口也不吃。

「你可真怪。你是老鼠，就算不用手應該也能吃吧？」

沒有回應。羽仁男忍不住發火。

「看不起我做的菜是吧。既然這樣，就隨便你吧。」

羽仁男打翻裝有小塊牛排的盤子，撞向老鼠臉上。

在這陣撞擊下，老鼠就這麼從椅子上翻倒，跌落地面。

羽仁男一把抓起它。

「搞什麼，就這樣死啦？你可真容易死，不覺得丟臉嗎？說話啊，喂！我可不會替你辦喪禮哦。誰要替你守靈啊。老鼠就要有老鼠的樣子，在你骯髒的鼠窩裡變成老鼠乾吧。你生前一無是處，死後也一樣。」

他一把抓起那隻死老鼠，將它丟進原本的櫥櫃。

接著將那隻死老鼠剛才沒吃的小塊牛排送入口中。口感就像肉丸子一樣，風味絕佳。

「要是別人看了，應該會覺得這是個孤獨的人，為了從孤獨中解脫所做的無聊遊戲。不

命売ります 48

過,要是與孤獨為敵,可有得受呢。我一定會站在孤獨這邊。」

這時,有人小聲的敲著門。

羽仁男聽著德布西的音樂,如此思忖。

10

打開門一看,外頭站著一名頭髮盤向腦後,看來很不起眼的中年女子。

「我是看報上的廣告才來的。」

「哦,這樣啊。請進。我正在用餐,很快就吃完了。」

「真不好意思。」

女子環視四周,戰戰兢兢的走進房內。

買別人的性命,理應是正大光明的行為,但為什麼每個客人走進時,都是這副陰沉的窩囊樣呢?

羽仁男一面用餐,一面偷瞄女子,從她那不太講究的穿著感覺得出她不是普通人妻,而

是像在短大教英國文學的老處女。面對一群青春洋溢的學生，而且同樣身為女人，讓她益發想發揮「不像年輕人」的獨特性。若是這樣，這名女子可能遠比她外表看起來還要年輕。

「坦白說，我每天都偷偷來到你門前。但每天門外都掛著『業已售罄』的牌子。我一直納悶這是怎麼回事。如果你的性命已售出，不就表示你已經死了嗎？不過，今天我抱著十分之一的希望，以姑且一試的心情前來，發現牌子已經轉為正面，寫著Life for sale，就此鬆了口氣。」

「是的，之前的工作已平安無事的完成了。因為我雖然售出性命，但最後還是倖存下來。」

羽仁男沖泡飯後咖啡，順便為女子泡了一杯，端著兩杯咖啡說道。

「您找我有什麼事？」

「這件事很難啟齒。」

「在我這裡，您什麼都不必擔心。」

「話雖如此，還是很難啟齒。」

女子沉默了半晌後，睜大她那半月形的雙眼，直視著羽仁男。

命売ります 50

11

「這次你要是把性命賣給我,也許就再也無法活著回來了。這樣你還是願意嗎?」

見羽仁男處之泰然,女子嚥起嘴喝了口咖啡,就像洩了氣似的,再次語帶威嚇的說道:

「真的會沒命哦。可以嗎?」

「嗯,可以啊。總之,您先說來聽聽吧。」

「那我就告訴你吧。」

女子就像害怕孤男寡女共處一室會被侵害般,頻頻整理衣服下襬,但是看她的腰身,感覺不太可能會遭人侵害。

「我在一家小圖書館負責借還書的工作。就算你問我是哪家圖書館也沒用,因為全東京的圖書館數量,就跟警局一樣多。

「我自己一個人住,所以從圖書館返家時,都會購買各種晚報,等回到公寓後,不論是個人問題諮詢欄、介紹欄、徵才欄、交換欄,我都會仔細閱讀,這是我的習慣。起初我很沉

向來都只是讓對方一頭熱，接著突然不再通信。」

「為什麼您說『我知道見面之後一定不會有什麼好結果』？」羽仁男提出殘酷的詢問。

「因為每個人都有各自的夢想。」

女子轉頭望向一旁，逞強應道。

「……你不要打岔，好好聽我說。」

「我已經玩膩了筆友遊戲，想追求更刺激的通信。但似乎沒這種東西。」

「像我不就刊登了『性命出售』的廣告嗎？」

「你聽人把話說完好不好！今年二月，說起來已經是十個月前的事了，當時我注意到『找書欄』的一篇啟事。

『收購昭和二年（一九二七）發行，山脇源太郎著的《日本甲蟲圖鑑》。二十萬圓現金交易，但要求書況完整。來信請寄中央郵局郵政信箱二七七八號。』

「我認為這是很誘人的價格，聽說最近舊書價格飛騰，所以這應該是很難取得的書，而且對方與舊書店接洽後依舊無法取得，才會刊登這樣的廣告。當時我出於職業病，心裡做這迷於筆友欄，還特地申請了一個郵政信箱，但我知道見面之後一定不會有什麼好結果，所以

12

樣的揣測，但旋即便忘了這件事。

「每年到了三月的年度結算，圖書館都會做一番大整理，從倉庫裡取出塵埃密布的書，重新加以編號，這可是件大工程。當中，在自然科學的領域方面，有好幾百本年代久遠，都快成精的書，裡頭約有十本關於昆蟲學的書映入眼簾。雖然一樣屬於自然科學的領域，但是像醫學或物理，只要發明新的療法或藥物，或是有新發現，很多書馬上變得一文不值，昆蟲學則不會有這種情形，我拂去書上的塵埃，逐一細看。

「這時，我偶然發現一本書。

「『昭和二年發行，《日本甲蟲圖鑑》山脇源太郎著──有緣堂發行』

「之前『找書欄』的廣告赫然浮現我腦海，我在圖書館工作多年，都不曾有過的壞念頭，就此萌生。」

──對她接下來說的話做個整理，內容大致如下⋯

她以前當然沒做過壞事。

然而，那二十萬圓的誘惑雖然沒形成清楚的物質幻影，但是她對於「可以讓其他女人刮目相看」的服裝等奢侈品存有一股欲望，在她內心深處就像炒豆般，頻頻發出聲響，慫恿她這麼做。

她不由自主的將《日本甲蟲圖鑑》包進手上的紙屑中，然後若無其事的繼續整理，接著說了一句「我出去丟個紙屑就回來」，捧著書和紙屑來到走廊後，抽出那本書，藏至她熟悉的地方。只要事先這麼做，萬一日後蓋有圖書館館藏印章的書流出，也才有藉口說是不小心和紙屑一起搞混丟棄所造成的。

那天晚上她回到公寓後，像是打開一本不良書刊似的，一顆心噗通噗通直跳，翻開那本《日本甲蟲圖鑑》時，頁面間還揚起一股塵埃味。

這確實是一本會令人覺得稀奇而想找尋的奇書。不知當初是為了藝術還是為了個人嗜好所寫。雖是早期的印刷，但上頭的原色版插圖無比精美，就像飾品的彩色印刷廣告般，各式各樣的甲蟲陳列眼前，五顏六色的背甲散發耀眼光澤。另一方面，書中還配合圖片編號，寫有每隻甲蟲的學名、產地，以及解說。

命売ります　54

但最奇妙的，莫過於它的分類方式了。不同於科學分類，它的目錄編排如下：

第一類　好色科（春藥目、強精目）

第二類　催眠科

第三類　殺人科

根據老處女的習性，她故意跳過最想看的第一類，改看第二類之後的項目，這可說是必然的結果。

尤其是第三類的殺人科，不知是何人所為，不斷在這個項目畫紅線或畫紅色圓圈。

其中，她在一三二頁處看到「梳角花潛金龜 Amthypnaa pectinata」這行文字，與圖片對照後，得知是一隻平凡無奇的茶褐色小甲蟲，頭與背部中間的部位窄細，長出第一肢的粗大頭部前方，有個像刷子般的東西往前突出，感覺好像在哪兒見過這樣的甲蟲。

解說上如此寫道：

「產於本州東京附近，常聚集於玫瑰、海州常山，以及其他各種花朵上。

「此種甲蟲很容易採集，但大部分人都不知道，牠不僅具有催眠作用，還能發揮殺人的功效，而且能偽裝成是自殺。將此種甲蟲乾燥處理後，磨成粉末，混入皮質性安眠藥溴滑利

尿素中，讓人服用後，便能在對方睡眠時下達命令，引導對方進行各種形式的自殺。」

然而，看完這些描述後，她直覺找這本書的人有犯罪意圖，她以剃刀的刀鋒仔細刮除書底頁與扉頁上所蓋的圖書館館藏用印。接著寫了一封明信片，寄至對方的郵政信箱。

「我手上有您所要的書，書況完整。倘若您尚未取得，我願以您指定的條件轉讓。不過，希望能一手交錢一手交貨。請告知交易的場所與時間。請盡可能選在星期日。」

她寫下簡單的文句，並附上自己的郵政信箱。

——四天後得到回覆。

對方指定下個星期天，時間上沒問題，但地點離茅崎的藤澤車站相當遠，是姓「中島」的一戶人家，似乎是別墅，信中並附上地圖。

不過信中錯字頗多，而且筆跡幼稚拙劣，連她的名字都寫錯。

「這一定是個怪人。」她心想。

那個星期天下午天氣晴朗，但春寒料峭，風吹猶寒，她照著地圖的指示，從藤澤車站往海邊的方向走去。

命売ります 56

從柏油路走向一旁的岔路後,轉為沙地,老舊別墅區的石牆略微陷在沙地裡。有黃色的蝴蝶飛舞。這處別墅區目前仍不見人影。最近住這附近到東京通勤上班的人家當然也不少,不過,這一帶特別保有昔別墅區的風貌,清幽閒靜。

穿過寫有「中島」門牌的老舊大門後,眼前是一條連往內宅的長長沙石路,在松林中座落著一棟洋房,寬敞的庭院顯得很荒涼,飽含水氣的海風狂吹。

按下門鈴後,出來應門的是位身材肥胖,紅臉的歐美人,她一開始嚇了一跳,但那名歐美人卻操著一口流利到讓人聽了不舒服的日語。

「謝謝您的來信。我已恭候多時,請進。」

他穿著一身華麗的格子花紋運動衣,女子被引進的房間裡,還有一名瘦得像螳螂的洋人,禮貌周到的從椅子上站起身,行禮問候。

女子原本打算見氣氛不對,便馬上逃離,這間約十二張榻榻米大的房間裡,有一組看起來頗為沉重的美式藤椅,直接就擺在沒鋪地毯的榻榻米上,讓人覺得這只是一處暫時的棲身之所。除此之外,再也沒其他醒目的家具,壁龕處擺著一台彩色電視,沒播放畫面的映像管,呈現出猶如沼澤水面般的藍黑色。

紙門敞開著，粗糙的沙地走廊直接連往滑動不太順暢的玻璃門，經風吹拂，那扇玻璃門不斷發出聲響。看起來沒上鎖，給人一種門戶洞開的感覺，似乎從任何地方都逃得出去。

那名瘦洋人邀女子喝酒，她婉拒了。接著，對方端來一杯像檸檬水的東西，但想到在完成交易前要是誤服對方下的安眠藥肯定壞事，儘管喉嚨無比乾渴，她還是不敢碰那杯水。

那名會講日語的胖洋人請她上座後，便沒再與她搭話。由於對方遲遲不提及甲蟲圖鑑的事，女子故意將自己擺在膝上用來裝那本書的購物袋晃了幾下，以引起對方的注意。

但一樣沒任何反應。

兩名男子以英語悄聲交談，完全無視於她的存在。雖然女子聽不懂英語，但從兩人的表情看得出，他們似乎在談論很嚴肅的話題。女子逐漸感到焦急不安。

這時玄關傳來鈴響。

「Oh～maybe Henry……」

那名胖洋人急忙走向玄關。

這時，一名穿著散步服裝，有點年紀，長相帥氣的洋人，牽著一隻活像是垂著雙耳的海狗、全身油亮的臘腸狗，走進屋內。從那兩人的應對態度看來，此人似乎是他們的頂頭上

命売ります 58

司。兩人恭敬的向他介紹女子。臘腸狗難看的擺動著腰部。

男子似乎完全不懂日語，用英語飛快的說了一大串好聽話。那名胖洋人代為口譯。

「亨利先生說，您依照約定前來，非常感謝，對您很是尊敬。」

女子心想，根本沒什麼好尊敬的。

「您把書帶來了吧？」

聽對方這麼說，女子心想，終於進入主題了，心頭一喜。

她打開包裹，把書遞向前。

「那筆錢，money，請不要忘了。」

她請那名胖洋人口譯，但對方沒理她。一股擔心對方不給錢的恐懼，令她喉頭感到無比難受。

那名年紀較大的洋人頻頻翻閱那本書。他臉上散發光采，看得出很是滿意。

「讓您久等了。他想先檢查完畢後，再付您這筆錢。之前我們拿到的書，都有三十頁左右的頁面被人剪掉。推測是當時的日本警察剪掉的。我們第一次看到沒有缺頁的全書，如您所見，亨利先生非常高興。……來，這裡有二十萬圓。請點收。」

胖洋人那宛如琺瑯般泛著白光的臉頰浮現笑窩，把錢遞給女子。那隻狗上前嗅聞鈔票的氣味。

數過那二十張全新的萬元鈔票後，女子鬆了口氣，心想此地不宜久留，馬上站起身打算離開。

「啊，您要回去了是嗎？」

胖洋人如此說道，那名瘦洋人也起身慰留。

「您專程遠道而來，方便的話，留下來吃頓便飯再走吧？」

「不用了，謝謝您的好意。」

女子就像要甩開他們似的，準備離開。

因為她有預感，自己會撞見什麼可怕的場面。

那名胖洋人突然湊向她耳邊悄聲道：

「想不想再多賺五十萬圓？」

「咦？」

她懷疑是自己聽錯了，就此停步⋯⋯

13

——羽仁男略感興趣，女子雖然毫無姿色可言，但她敘述得條理分明，引人入勝。

「哦，條件不錯啊。所以妳又多收了五十萬圓才離開是嗎？」

「我哪會那麼做啊。我最後拒絕一切，離開了那裡。雖然不覺得有人在背後跟蹤，但我幾乎是一路跑到藤澤車站，跑得我滿身大汗。」

「後來妳又去了那戶人家嗎？」

「其實是這樣的⋯⋯」

「他們又找妳去？」

「不，我很在意那件事的後續發展，於是在七月某個天氣晴朗、開來無事的星期天，又去那裡查看。因為感覺屋內有人，所以我按下門鈴，這次出來應門的是一位日本太太。我一時不知如何是好，向對方詢問『請問亨利先生在嗎？』對方回答道，『哦，那位外國人是吧。今年春天，我這棟房子臨時租他住兩、三個禮拜，他們後來的情形怎樣我就不清楚了吧。』由於對方態度冷淡，所以我就這樣回來了。」

「哦。妳這故事是很有趣，不過，和我有什麼關係呢？」

「愈來愈有關係了。」

女子如此說道，向他要了根菸，點燃了火。這是完全不帶半點性感的動作，就像賣彩券的老婆婆在向人推銷彩券同時，還向人討菸一樣的厚臉皮。

「後來什麼事也沒發生，而我也一直留著那個郵政信箱，但對方並沒和我聯絡。

「直到最近，我看到你『性命出售』的廣告後，腦中突然浮現一個想法。那五十萬圓該不會是要我當實驗品的意思吧？如果是這樣，那倒還可以說得通。而對方如果發現你的廣告，一定也會主動與你聯絡。」

「一直都沒這樣的人跟我聯絡。再說，像那種從事非法勾當的洋人，現在都跑到香港或新加坡去了吧？」

「咦？」

「如果是ＡＣＳ就有可能。」女子道。

羽仁男一時懷疑是自己聽錯了。

14

連她都知道ACS！

那名第三國人口中，只存在於驚悚漫畫裡的ACS，也許與琉璃子的死有關，由於羽仁男心中正開始產生這樣的懷疑，此時聽女子這麼說，頓時覺得一切都有所關聯。羽仁男懷疑，搞不好因為他的「性命出售」的緣故，ACS因此利用他作為手下的一顆棋子。

但從另一個角度來看，如果女子隸屬於心思那般縝密的組織，絕不會隨便講出組織的事。女子提到ACS，肯定什麼也沒想，與茅崎的那群洋人會面，一定也是她依據自己所見所聞所做的真實報告。

「ACS到底是什麼？」

「啊，你不知道啊？它是個名為Asia Confidential Service的神祕組織，聽說與走私毒品有關。」

「為什麼妳會知道這些事？」

「有洋人會在圖書館裡進行毒品交易。那洋人每天上圖書館，是個勤奮好學的人，我對

他頗感敬佩,而且他待人和善,人又長得帥,聽說還是洛杉磯C大的副教授,每天似乎都從事日本歷史的研究,所以我常和同事聊到他,說他一定是那個專業領域的知名學者。

「不久,我發現他在閱覽室慣坐的座位旁,開始會坐著一名像是失業者的日本人。兩人似乎是在圖書館裡認識,那名日本男子也常借日本歷史的書籍。

「『那人明明是日本人,卻向一個對日本歷史有更深造詣的洋人學習。這世界可真是反了。』圖書館裡甚至有女同事這麼說。

「不久,圖書館的女性櫃台人員和那名洋人變得熟絡,約他一起到附近的咖啡廳,不過洋人似乎個性謹慎,還請那名女子找其他朋友一起去,女子不太高興,卻仍找了我們一起去。我雖不感興趣,但最後還是陪同前往。

「那應該是去年五月時的事吧。我印象很深,那天傍晚的情景至今仍歷歷在目。那位洋人當然是說著一口流利的日語,圖書館關門後,我們伴著明亮的夕陽餘暉,走在圖書館到市街的那排美不勝收的行道樹下。帶著那名洋人到我們常去的那家咖啡廳,令我們三人產生互相較勁的心態,同時也感到心情雀躍,喜不自勝。

「我們坐下後,天南地北的閒聊,他果然能言善道。

「像這樣和各位美女一起品嘗南蠻傳來的好茶,我的心情感覺就像走進大奧③的德川將軍呢。」

還不時會這樣說笑引人發噱。聽在別人耳中,或許會覺得這種玩笑很不得體,但是出自多德韋爾先生口中,聽起來卻覺得天真無邪。

聊著聊著,多德韋爾以聽了很舒服的口吻(不過,他的日語感覺欠缺情感,就像加了太多潤滑油的機械般,有點過於圓滑)向我們問道:

「各位淑女,妳們知道ACS是什麼嗎?」

「不知道耶,是電視台的名稱嗎?不過,日本好像沒有這家電視台呢。難道是美國的電視台?」

「還是製造電視機的公司名稱?」

「我認為應該是某個國際農業合作組織的名稱。像是Agriculture Cooperative System之類的。」

---

③ 大奧:德川幕府將軍的生母、子女、妻妾們的住處,如同中國的後宮。

「其中一人展現自己的才學，讓人聽了很刺耳，所以我們都瞪向她。

那名洋人笑咪咪的聽我們說，接著說道：『最後這個答案有點接近。不過，雖說是國際組織，但它是個名叫 Asia Confidential Service 的神祕組織。似乎是很恐怖的組織，而且就存在於妳們身邊。』

多德韋爾先生說：『在圖書館裡，不是有個日本人常坐我身旁，問我歷史方面的問題嗎？在那間圖書館裡，沒人會像他那樣打擾別人，所以我不太喜歡，而且他都問一些很無聊的問題。』

「我們聽得毛骨悚然，豎耳聆聽。

『例如楠木正成④有幾個孩子？我因為不是很清楚，心裡嫌煩，所以就隨口回答他：「十個。」』

『男子臉上突然為之一亮。事後細想，那可能是他們的暗號，而我恰巧說對了答案。』

『不過，男子依舊懷有戒心，並未開門見山的說明來意，而前天，他突然對我說：』

「這麼說來，你不是ACS的人嘍？」

「『ACS是什麼？』我驚訝的問道。」

「『Asia Confidential Service』……太好了。我搞錯人，差點就殺了你。」

「男子嘴角輕揚，如此說完後，便迅速離去。」

「我嚇得腳底發毛，忍不住摸向自己後頸。他似乎誤以為我是那組織的一員。」

「嘩，真可怕。你應該馬上報警的。」我們七嘴八舌說道。

「把事情鬧大反而麻煩。」多德韋爾那成熟的雙唇噘起，如此說道。

「從那之後，多德韋爾就再也沒在圖書館裡出現了。不過ACS這個名字卻一直留在我腦海裡。」

15

聽到這裡，羽仁男問道：「那位叫多德韋爾的男人，該不會是組織裡的一員吧？」

④ 楠木正成：楠木正成，為鎌倉幕府末期到南北朝時期的著名武將。一生竭力效忠後醍醐天皇，在湊川之戰陣歿。後世以其為忠臣與軍人之典範，被視為武神。

雖然這應說，但他並沒有十足的把握。

「若真是這樣，那他為何要自己講出這件事？」

「因為他覺得自己在圖書館與人聯絡的事被發現了，所以才反過來試探吧。」

「是嗎？」

女子對這個話題已不感興趣。

「我們回到原來的話題吧。」

「也對。照順序來看，我也該說明自己為何會來買你的性命了。」

「如果那個名叫亨利的洋人還沒與你聯絡，那麼，之前我離去時，他們對我說『想不想再多賺五十萬圓』那件事，應該還沒解決吧。」

「打從我看到你刊登的『性命出售』的廣告起，便認定你就是測試金龜藥粉的最佳人選。我只收十萬圓的介紹費就好，剩下的四十萬圓用來買你的命，可以嗎？如果你同意，我願意負起責任，在你死之前把那四十萬圓送給你的家人。」

「我沒有家人。」

「既然是這樣，那你賣命得來的錢要怎麼處理？」

命売ります　68

「請妳用那筆錢買下不好照顧的大型動物，例如鱷魚、金剛之類的。然後打消結婚的念頭，一輩子和那隻鱷魚或金剛同住。我覺得那就是最適合妳的夫婿了。妳絕不能起貪念，把鱷魚賣給別人當手提包哦。要每天餵牠吃飯，讓牠運動，全心全意的照顧牠。每次看到那隻鱷魚，就得想起我。」

「你真是個怪人。」
「怪的人是妳吧。」

16

女子馬上寄了封快遞到亨利的郵政信箱，信中只以簡單的文句寫著：「以五十萬圓接受藥物實驗，但對象是男性。」馬上便得到回信，指定了見面時間。

時間是一月三日晚上，地點是芝浦倉庫街裡的一座倉庫。

羽仁男與女子約見面後，一起在冬夜裡幾欲被寒風吹跑的寒月底下，來到杳無人蹤的倉庫街。他伸手敲門，直到敲了第五下時，門才打開。通往地下的樓梯曲曲折折，最後來到一

扇冰冷的鐵門前。

打開門後，一股熱氣撲面而來，門內開著暖氣，是一間地上鋪著紅地毯，約十二張榻榻米大的洋房。

有兩扇大大的方形窗，可以望見窗外海底的汙穢景象，各種穢物和垃圾堆積，充斥在看不見半條活魚的海水裡。窗框旁飄浮著一個死魚狀的白色物體，似乎是人類的胎兒，羽仁男急忙把臉轉向一旁。

不過房內的擺設相當舒適，暖爐裡頭設有電燈，以紅光照耀爐裡的假木柴。似乎避免使用會冒煙的暖爐。

裡頭有三名洋人，等候羽仁男他們到來。那名牽著一隻臘腸狗、年近半百的洋人，似乎就是亨利。

「之前你們問過我，想不想再多賺五十萬圓。」女子先開口道。

「沒錯，我們是說過。」其中一名洋人以日語答道。

「意思是問我願不願意當藥物的實驗對象，對吧？」

「您可真清楚。沒錯。」

「所以我帶這個人來。我已買下他的性命,所以請給我五十萬圓。」

洋人頗為吃驚,以英語轉告亨利,三人開始竊竊私語。

「那麼,就算會喪命也無所謂嘍?」

「沒錯。」羽仁男神色自若的回答道:「各位,有什麼好驚訝的?人生根本毫無意義,而我們人也不過是空有人形的軀殼罷了,這點你們應該很清楚才對。你們該不會為了這麼點小事吃驚吧?」

「您說得對。我們後來很努力的捕捉金龜。將它混進溴滑利尿素中,作成藥物,讓兩三人服用,進行實驗。確實如書中所言,服藥者會完全照我方的意思行動;但我們還沒試過讓人自殺,到時候人類求生的本能會如何抗拒,還是個問號。如果有想尋死的人,就能進行這項實驗了。」

「那麼,請先支付五十萬圓。」

女子如此說道,亨利命另一名男子拿來一疊鈔票,仔細數過那五十張萬圓鈔票後,遞給女子。女子從中抽出十張,放進自己的手提包裡,剩下的交給羽仁男。

桌上擺著一把手槍。

「裡頭裝了子彈，已打開保險。只要扣下扳機，即可了卻性命。」其中一人道。

羽仁男坐向安樂椅，將男子遞給他的藥粉和水吞下。

……。

什麼事也沒發生。

他絲毫不覺得世界會因此變得有意義。

穿梭在花叢間的平凡甲蟲，除了只會把牠的髒鼻子鑽進花粉裡外，一輩子什麼事也不做，像這種懶惰甲蟲磨成的粉末，就算進入自己體內，這世界也不會因此變成花田。之前從沒感覺過，但現在女子眼睛底下的每一條皺紋、臉頰皮膚的每一顆粗大毛孔、每一根散亂的頭髮，突然像許多大鐘一同敲響般，不斷叫喊著：

「我愛你。」

「我愛你。」

「我愛你。」

那喧鬧嘈雜的程度，令羽仁男幾欲搗住耳朵。

「如果世界變得有意義，就算死也無悔」與「這世界沒有意義，就算死也無妨」這兩種心情會在什麼地方取得平衡呢？對羽仁男而言，反正最後終究只剩一死。

不久，他周遭逐漸變成流動的物體，開始旋繞，可以看見壁紙因蓄滿風而膨脹。像黃色小鳥般的物體，開始成群竄飛而出，令人眼花繚亂。

某處傳來音樂。蒼翠的森林彷如海藻般搖曳，模樣像紫藤的成串花朵從枝椏垂落，底下有無數匹野生的駿馬奔騰，那音樂帶給人這樣的幻想。雖然不知為何會產生此等幻想，但感覺得出，那就像是以蟬螂的鉛字拼湊而成的報紙，一個索然無趣的世界，正努力幻化成美妙之物。「不過，這樣不是顯得太刻意了嗎？」羽仁男心中如此批評。「沒有意義的東西還這麼賣力，未免太膚淺了吧！」

他內心並未迷醉，也未有恍惚。這世界突然改變了變化方式。他身體四周隆起無數巨大的尖針。那些尖針閃閃生輝，長得像仙人掌花的東西，不約而同的從針頭處綻放。紅、黃、白三色的仙人掌花。好俗氣的花，羽仁男心想。這時，尖針突然變成電視天線，大樓後方的藍色塑膠垃圾桶，像廣告氣球般，滿滿的飄浮其間。

「太平凡了。無趣極了。」羽仁男批判道。

「如何，可以死了嗎？」某處傳來這個聲音。

「嗯，可以。」

羽仁男甫一回答，頓感全身輕靈不少。之前明明覺得像被緊緊綁在椅子上，現在卻覺得手腳可以自由行動。然而，自己手腳的動作，卻像是完全聽某人的命令行事般，這樣反而令他有種全豁出去的快感。

「那麼，你就受死吧。從現在起，照我的吩咐去做。我會讓你死得輕鬆點。」

「好的，謝謝你。」

「聽好了，右手請往前伸。」

「像這樣嗎？」

「對。」

羽仁男的聲音是內心的聲音，應該連他自己也聽不到才對，但對方卻能正確的回答，正確的下達指示。

「喏，請碰觸桌上那堅硬的黑色東西。牢牢握住它。對、對。現在還不能碰扳機。輕輕將它移向自己的太陽穴。放輕鬆、放輕鬆，放鬆肩膀的力氣。聽好哦，把槍口緊緊抵向自己

命売ります　74

的太陽穴。如何,很冰涼對吧?很舒服吧?就像發高燒時用的冰枕般,頭腦覺得舒爽許多對吧。接下來慢慢將食指伸向扳機⋯⋯」

17

⋯⋯羽仁男此時將槍口抵向自己太陽穴,手指正準備扣下扳機。

就在這時。

有個東西飛撲而來,一把搶下手槍,接著身旁響起一聲槍響,狗的哀叫聲塞滿羽仁男的耳膜。

這記震撼,似乎中斷了藥效,他就此搖了搖頭站起身。剛才的事彷彿沒發生過似的,室內看得一清二楚。那名女子身體扭曲,倒臥在他腳下,鮮血從太陽穴汩汩流出。

紅臉的胖洋人、像螳螂般的瘦洋人、帥氣的紳士亨利,全都一臉茫然的圍站在女子的屍體旁。

羽仁男按著昏沉沉的腦袋,從那三名男子中間探頭,仔細查看那名女子的屍體。女子右

手緊握著那把手槍。

「發生什麼事了？」羽仁男向那名紅臉的洋人詢問。

「她死了。」男子這才茫然的用日語回答。

「為什麼？」

「因為她愛你，愛到無法自拔。只能這麼推測了。所以她才會替你去死。不過，就算她再怎麼不忍心看你死，只要從你手中搶下手槍就夠了，應該沒必要自殺吧？」

羽仁男專注的凝聚他那隨時都會變模糊的思緒，極力思考。她自殺的原因很單純。也就是說，她對羽仁男萌生愛意，卻沒把握羽仁男是否也會愛她，於是她選擇一死。當真也只能這麼想了。

「這毋庸置疑，是自殺沒錯。」紅臉的洋人接著道。

「我們沒什麼好擔心的。」

羽仁男心中壓根沒想過要怎樣善後。

有人暗戀，其實是件麻煩事，而且是被這樣的醜女暗戀，她還因此自殺，遇上這種事，怎麼想都覺得荒唐。他對於自己兩度想要出售性命，最後卻都害人喪命的事感到震驚。

羽仁男望著那幾名洋人,對於他們會如何善後很感興趣。也許他們會就此殺了羽仁男。那三人交頭接耳討論了起來,那隻臘腸狗還是一樣對著屍體低吼。這隻過度被馴化的狗,似乎在看到鮮血後,喚起了凶暴的本性。鮮血狡猾的從屍體底下悄悄流向四周。那模樣就如同趁亂逃離一般。女子張大著嘴,看起來宛如在她口中漆黑的空洞裡,有一條通往世界盡頭的密道。她眼睛微張,不過有一隻眼睛覆蓋著稀疏的鬢髮。

「仔細想想,我這還是第一次像這樣仔細觀看屍體。連我爸媽的屍體,也沒這麼仔細瞧過。你們不覺得屍體就像掉地摔破的威士忌酒瓶嗎?瓶子摔破,裡頭的酒往外流,也是理所當然的事。」

窗外渾濁的海水搖晃。那三名洋人還一直在討論。不太聽得懂英語的羽仁男,也聽到他們談到班機號碼、航空公司之類和飛機有關的單字。

他們以手帕包住手,從女子的手提包裡取出十張萬圓鈔票,交到羽仁男手中後,其中一人說道:「這件事請你保密。這是封口費。要是你把這件事說出去,下場就是這樣。」

男子做出割斷喉嚨的動作,並發出頗有真實感的一聲「卡嚓」。

羽仁男坐上那群洋人的車,請他們送他到濱松町車站。他沒和那三人交談,而那三人看

起來似乎也都極力無視於羽仁男的存在。

羽仁男抬手與他們的車揮別後，像是和一起去野餐的普通朋友道別般，心中沒半點感動，就此轉身離去。

他買了一張國營電車的車票，步上階梯。

不可思議的感覺再度浮現腦中。

那單調無趣的水泥階梯，感覺彷彿會往上無限延伸。

羽仁男全神貫注的爬上階梯。不管他再怎麼爬，就是到不了月台。愈往上走，階梯數愈是增加。上頭確實傳來電車的鳴笛聲，感覺得到電車出發到站，許多人走下電車，但是那個場面和他此時努力爬的階梯始終無法串連在一起。

我是個已死之人，我明明認為道德、感情，一切的事物都無法約束我；但另一方面，那喪命的女人愛我的沉重負荷，卻又在腦中揮之不去。別人對我來說，理應和蟑螂沒什麼兩樣才對啊！

正當他覺得階梯突然像白色瀑布般沖向他胸口時，不知何時，他人已站在月台上。電車駛來。羽仁男感到形疲神困，就此走進電車。車內明亮恍如置身天國，空空蕩蕩，眾多白色

命売ります　78

塑膠吊環一同搖晃。他抓住其中一個吊環。這時，他感覺白色的吊環反過來緊緊抓住他的手。

18

⋯⋯他一直在等待事件的結果。

這次他是真的累了，所以門口的牌子還是背面的「業已售罄」向外。疲勞讓他得以延命，說來還真是個奇妙的現象。難道連和死這種觀念嬉鬧，也需要有精力才行嗎？

過了一天、兩天，報上始終都沒任何提到在那古怪的海底密室發現自殺女屍的報導。難道屍體就這樣留在那裡任憑腐爛嗎？

不久，羽仁男平時的感覺逐漸恢復。所謂平時的感覺，指的是他自殺未遂以後，一切都顯得很不合現實、無比虛幻的感受。住在那個世界，感受不到任何悲喜，一切全包覆在朦朧的輪廓裡，「毫無意義」的感受，不分晝夜，像間接照明般，以柔和的光線照耀他的人生。

「那個女人根本不就存在。什麼海底密室，壓根兒就沒這種荒誕事。」他開始這麼想。

換個想法後，心情輕鬆許多，興起趁著過年期間到街上走走的念頭。好久沒和女人上床，有種奇怪的感覺。

走在新宿街頭，有家在特價拍賣的店家，他的目光不經意的投向一名走進店內的女子臀部。就算今天再怎麼暖和，沒穿外套還是會引人注意，她穿著一件略顯褪色的綠格子短裙，裙子底下的翹臀就像雷諾瓦⑤筆下的女人臀部般豐滿，在冬陽的照耀下，感覺裡頭充塞著實質的生命。如同盒子裡取出的全新牙膏，從緊繃的長條軟管光澤中感受到的新鮮感一般，彷彿保證能給人一個清爽的早晨。

羽仁男跟在女子的臀部後頭，不自主的走進那特價拍賣的店內。

女子站在清倉大拍賣的毛衣前。五顏六色的毛衣被揉成一團，在宛如沙坑般的箱子裡堆積如山。

羽仁男站在女子身旁，凝望她那專心挑選毛衣的臉龐。

女子噘起小嘴，大白天就掛著銀色的鳳梨形耳環，給人的感覺像是在三流酒吧裡討生活的女人。不過她的側臉相當好看，鼻梁的弧度完美。一見到女人鼻頭下垂的側臉，就興起厭世念頭的羽仁男，託這名女子漂亮鼻形之福，此時心情愉悅。

命売ります　80

「要不要一起喝杯咖啡？」

羽仁男嫌麻煩，不使任何搭訕技巧。

女子連看也不看他一眼。以處之泰然的口吻應道：「先等一下。等我挑完之後再說。」

語畢，女子投入毛衣中，挑起其中一件，將那宛如黑蝙蝠般的毛衣衣袖敞開，沉思片刻。看她噘嘴的模樣，似乎不太中意。毛衣的前胸掛著金紅兩色的公司標籤，看起來分外顯眼，如同七夕的長條詩籤般來回搖曳。

「是很便宜，不過⋯⋯」女子自言自語道。

接下來，她這才望向羽仁男，把毛衣抵向自己胸前問道：「怎樣？好看嗎？」

那慵懶的口吻，就像是向和她同居十多年的男友詢問意見似的，羽仁男嚇了一跳，望著那件宛如一隻死蝙蝠的毛衣，胸部一帶突然隆起，懶洋洋的緊貼在她胸前。

「還不錯。」羽仁男回應道。

---

⑤ 雷諾瓦：著名的法國畫家，也是印象派發展史上的領導人物之一。其畫風對於女性體型的描繪特別著名。

「那我就買這件了。等一下哦。」

女子走向收銀台。

如果她要我買下這件廉價毛衣,一定會讓人感覺到一股銅臭味,想到這裡,羽仁男見她正望著自己的錢包掏錢,對這樣的背影深感滿意。

在附近的咖啡廳坐定後,女子道:「我叫眞智子。你想和我上床對吧?」

「可以這麼說。」

「你這個人眞不討喜。回答得這麼不乾脆。」

女子展現十足的大人樣,從丹田發出笑聲。

一切進行順利。眞智子說她七點開始到店裡上班,所以羽仁男跟著她,前往相隔一兩條街,令人覺得很不自在的一棟公寓。

眞智子打了個哈欠後,自行解開短裙旁的扣子。

「我一點都不怕冷。」女子說。

「我猜也是。看妳連外套也不穿,便知道妳很火熱。」

「死相。眞愛裝模作樣。不過,我倒是不討厭愛裝模作樣的人。」女子道。

19

在送女子到店裡上班前,兩人在小酒館裡吃了頓簡餐,接著他與女子道別,上電影院看黑道電影,看了一半便離開,回到公寓時應該已是八點多的事了。

正當他準備打開房門時,差點被絆倒。因為昏暗的門下蹲了個人。

一名個頭矮小、瘦弱,身穿學生制服的少年,默不作聲的站起身。

少年有一張像老鼠般嬌小陰暗的面孔。

「咦,是誰?」

「你已經售完了嗎?」

冷不防經這麼一問,羽仁男一時間不懂這句話的含意。

「咦?」他反問一聲。

「我是問,你的性命已經售完嗎?」少年以尖細的聲音問道。

女子的身上帶有鄉下的乾草味,羽仁男甚至懷疑是不是自己的西裝沾有乾草。

「就像牌子上寫的。」

「騙人。你明明就還好端端的活著。如果已經售完,那你應該已經死了。」

「那可不見得哦。先進來吧。」

羽仁男對少年有種莫名的好感,所以領他進屋。點亮燈後,羽仁男朝暖爐點火,少年頻頻以鼻子嗅聞,環視四周,依舊站著說道:「真奇怪。看你並不像有經濟上的困難,為什麼想出售性命呢?」

「別問這種無聊的問題。每個人的情況都不一樣。」

羽仁男請少年入座。

少年以誇張的態度,一屁股坐進椅子後說道:「啊,累死我了。我等了兩個小時。」

「既然已經售完,這也是沒辦法的事。」

「我看過牌子正面了。你應該是想休息的時候,就把牌子翻到背面對吧?這種小伎倆是瞞不過我的。」

「哦,挺機靈的嘛。話說回來,像你這樣的小夥子,有錢買我的命嗎?」

「我付你錢總行了吧。」

命売ります 84

少年解開胸前的金鈕釦,從內側口袋取出一疊萬圓鈔票,那動作極為自然,活像是取出月票般,直接擱在面前。看起來約莫有二十萬圓。

「這筆錢是怎麼回事?」

「這不是偷來的。我只是把家裡藤田嗣治⑥的素描拿去賣而已。雖然售價被砍了一大半,但這也是無可奈何的事。誰叫我急需錢用呢。」

這番說話口吻,馬上讓這位長得像老鼠一樣窮酸的少年,搖身一變成了富家子弟。

「真教人驚訝。讓人對你刮目相看呢。那麼,你買我這條命做什麼?」

「我是個孝子。」

「了不起。」

「我爸老早就過世了,剩下我們母子相依為命。而我媽又染病在身,真的很可憐。」

「令堂是嗎?」

「是的。」

---

⑥ 藤田嗣治⋯出生在日本東京的畫家、雕刻家。時至今日,仍是在法國最為著名的日本藝術家。

「那你要我怎麼做？」

「簡單來說，我希望你安慰我媽。」

「要我安慰病人？」

「雖說是病人，但只要你安慰她，她馬上便能痊癒。」

「可是，這樣為什麼得要賣命？」

「我會一一告訴你原因。」少年伸出漂亮的紅舌頭，舔舐著下唇。「我爸死後，我可憐的媽媽在性方面欲求不滿。起初她好像還對我有所顧忌，但日子一久，她就再也無法忍耐了。」

「這是常有的事。」

羽仁男覺得有點無聊，隨口附和。

這名穿學生制服的小鬼，肯定是把人生想得過於誇張。他這個年紀，腦子裡裝的都是那些灑狗血的連續劇劇情，以為自己已通曉人生的祕密。儘管他們有看起來很老成的一面，但這個年紀的少年往往就像長過頭的筆頭菜一樣，味同嚼蠟。他會像這樣前來買我的命，應該是想要裝出大人樣的念頭使然吧。羽仁男心裡把少年給瞧扁了。

命売ります　86

20

「所以過沒多久,我媽有了男人。但對方很快就跑掉了。於是她又找了一個,然後對方又跑了。前後已經快十二、三人。每個男人都臉色蒼白,飛也似的逃離她身邊。兩三個月前,我媽被她深愛的男人拋棄,從那之後,她就因為惡性貧血而臥病在床。你知道為什麼嗎?」

羽仁男略顯顧忌的回答「不知道」。

少年目光炯炯,開始切入正題。

「你知道為什麼嗎?因為我媽是個特別的女人。她是吸血鬼。」

這名少年的母親是吸血鬼,這到底在演哪齣啊?

這世上有吸血鬼這玩意兒嗎?

然而,少年並未多做說明。

他的個性似乎很一板一眼,自己帶來印好的收據。

「請在這裡寫上二十三萬圓，然後加一條附註寫上『不過，此為訂金，若無法滿足買主，需全額退還』，並在上頭簽名。」

少年嚴格的吩咐道。接過收據後，少年說：「我今天有點累，想睡一覺。明天晚上八點我來接你。你最好先吃過晚飯。到時候出門時，你得好好把身邊的事處理一下，因為你大概是無法活著回來了。就算能保住一命，也得先在那裡住上十天，所以你要先有這樣的心理準備。」

……

看來，這次可能真的會死。羽仁男心想，今晚得先好好睡上一覺了。

待羽仁男獨自留在房內後，他才想起，少年在收據上簽的名字是井上薰。

到了隔天晚上八點，門外準時傳來敲門聲，是薰前來迎接。和昨天一樣，穿著學生制服。

羽仁男一派輕鬆，正準備離開房間時，薰再次向他叮囑道：「你真的不怕死？」

「不怕。」羽仁男簡單明瞭的應道。

「昨天那筆錢你怎麼處理？」

命売ります 88

「收進抽屜裡了。」

「不存進銀行嗎?」

「何必存進銀行。頂多我死後,在抽屜裡發現那筆錢,公寓管理員就此據為己有,如此而已⋯⋯日後你也會明白。不管我的命值二十幾萬圓,還是三十圓,都沒什麼差別。因為只有在人活著的時候,錢才能影響這個世界。」

兩人離開公寓,緩步而行。

「攔輛計程車吧。」

「去荻窪。」

少年如此說道,搶先攔了一輛計程車,模樣顯得欣喜雀躍。

聽完少年向司機告知目的地後,羽仁男向他問道:「看我快死了,你很高興對吧?」

司機那驚訝的雙眼,在車內後視鏡中為之一亮。

「才沒有呢。不過,能讓我媽開心,我心裡很高興。」

羽仁男發覺得這一切都是出自少年自己幻想的世界。不過,一開始的那兩起事件,最後都是以悲劇收場,所以這次就算是遇上無聊的喜劇也無妨。

計程車抵達昏暗住宅街一隅，一棟大門氣派的宅邸。少年在此地下車，本以為這裡是少年的家，但少年卻率先邁步走去，先是左轉，走了兩、三百公尺遠後，來到一棟大門和剛才那座宅邸很相似的宅院前，把鑰匙插進門上的鑰匙孔裡，在黑暗中抬頭望向羽仁男，投以一笑。

屋裡看不到半盞燈火。少年逐一開鎖，領著羽仁男來到一間明亮的客廳。

浮現在燈光下這間略帶霉味的客廳，是個古色古香的好房間，有真正的壁爐，爐架擺著一面模糊而且帶有裂痕的法王路易式鏡子，以及兩邊由天使支撐的金色古董時鐘。薰打了個噴嚏後，開始不發一語的點燃壁爐裡的木柴。

「除了你和令堂外，沒其他人了嗎？」

「當然。」

「那吃飯怎麼解決？」

「別問這麼俗氣的問題好不好。當然是我煮啊。還要餵病人吃飯。」

漂亮的柴火燃起，少年從角落的櫥櫃裡取來上好白蘭地，將白蘭地酒杯細長的杯腳夾在手指間，靈活的以壁爐的火焰溫杯後，遞向羽仁男。

命売ります 90

「令堂呢?」

「還得再等三十分鐘。打開玄關的門後,我媽枕邊的鈴就會作響。然後她會慢慢起床,仔細的化妝更衣後才露面,所以最快也要三十分鐘。我媽對你的長相很滿意,心頭小鹿亂撞呢。應該是照片拍得太好了吧。」

「你從哪兒得到我的照片?」羽仁男驚訝的反問。

「昨天晚上,你沒發現嗎?」

「真服了你。」

少年從學生制服口袋裡微微露出那如同火柴盒般大小的照相機,表情平淡的笑著。

羽仁男搖晃著手中的白蘭地,小口的喝著酒。酒香讓他對今晚的邂逅產生甜美的遐想。接著突然薰聞來無事,把玩制服的鈕釦,望著「悠哉享受餐後酒的大人」這種奇妙的生物。接著突然一躍而起。

「對了,我忘了。我在睡前還有功課要做,得先走一步。我媽就拜託你了。還有,我知道有家收費便宜的葬儀社,這件事你就不必擔心了。」

「喂,你再待一會兒嘛。」

羽仁男話才剛說完，少年已消失了蹤影。

獨處的羽仁男除了環視室內外，沒其他打發時間的方法。自己總是像這樣等著事情發生，這不是很像「活著」嗎？之前在東京廣告上班時，在那布置得新潮摩登，顯得過於明亮的辦公室裡，人人都穿著最新款的西裝，每天從事不會弄髒手的工作，那才真的是與死無異呢。而此時一個決心尋死的人，對於未來（就算是死也一樣）抱持期待，小口小口喝著白蘭地的模樣，不是極為滑稽的矛盾嗎？

他百無聊賴的環視掛在牆上的獵狐彩色素描畫，以及一名臉色蒼白的女子肖像畫，驀然發現畫框邊角露出一疊舊紙，目光就此停住。那常是用來藏私房錢的地方，但應該沒人會把私房錢藏在客廳吧。等候愈久，他的好奇心愈強烈，最後羽仁男終於再也無法忍耐，站起身一把抽出那疊紙。

那疊紙滿是灰塵，確實已很久沒被人發現。是因為打掃之類的緣故，而從畫框邊露出吧。絕不是故意要讓客人看見。

那疊紙是老舊的稿紙。翻閱時，塵埃散向四方，羽仁男的手指也像沾染了黑蛾的鱗粉般，變得烏黑。

紙上寫著：

〈獻給吸血鬼的詩〉K

甩亂頭髮
甩亂絕對的自我矛盾
棄置於春日河畔，布滿鐵鏽的腳踏車
那愛慾的恍惚
還有鮮血
金光燦然的流動物體
在機械性的磨牙聲中
夜被納入一顆顆的膠囊裡
當作藥錠吞下
感性的雞引吭鳴啼
患有亞急性心內膜炎的巡警
朝怡東酒店玄關

酒店的咽喉處

拉出一條紅毯

規律

快感、絕對、革命性的規律

吸血鬼的黨派即將成立

⋯⋯。

像這樣莫名其妙的詩句，以難看的字寫滿紙張。這好像稱作超現實主義，不過這種艱深難懂的嗜好早過時了。到底是誰寫的？看起來像是男人的筆跡，但實在寫得拙劣至極。羽仁男為了打發無聊，一直看這首詩，看著看著打起了哈欠。

不知何時，房門開啓，房內站著一名清瘦的美女。

羽仁男為之一驚，轉身而視。

發亮的藍色服裝繫著藏青色衣帶。確實是貌美如花，但看起來一臉病容，弱不禁風，年約三十。

「您在看什麼呢？哦，那個啊⋯⋯您猜那是誰寫的詩句？」

「這⋯⋯」羽仁男含糊的回答道。

「是我家小少爺。也就是薰。」

「哦,是薰小弟啊。」

「算不上是什麼多了不得的才能對吧?不過,完全捨棄又有點可惜,但我對這類型的詩實在沒什麼感覺,所以從很久以前,就都藏在那個地方。為什麼會被您看到呢。」

「因為它從畫框邊露出來⋯⋯」

羽仁男急忙將那疊紙藏向畫框後方。

「我是薰的母親。這次薰受您多方關照了。不知有沒有給您添麻煩?」

「不,沒的事。」

「請往這兒坐。坐在爐火旁好嗎?我幫您再倒一杯白蘭地。」

羽仁男依言坐向那棉絮微微外露的椅子,悠哉的將雙臂橫擺在扶手上,扶手上裝飾的銅釘在火光下熠熠生輝。

羽仁男感覺自己就像來到家長教師會會長夫人跟前懇談的學校教師。

夫人也端來自己的白蘭地酒杯,坐向他對面的椅子,舉杯向他說道:「歡迎光臨寒舍。

請多指教。」

她戴在手指上的大鑽戒，在火焰的照耀下晶亮燦燃。女子坐在爐火旁的容貌，增添了一份立體感與火焰不穩定的搖曳，更顯美豔。

「會不會又是那個呢？我家薰該不會說了什麼奇怪的話吧？」

「嗯……是講了一些。」

「真是的。這孩子是很聰明，但老愛胡思亂想。我在想，會不會是最近學校教育辦得不好的關係呢？」

「可能多少有關係吧。」

「學校老師到底都在教些什麼？我並不是以偏概全，說以前的教育比較好，但我希望在學校裡能多教孩子一點社會義務，或是如何不給人添麻煩的品格教養。如果像現在這樣，簡直就像付學費讓他們把孩子教育成像全學連⑦那樣的人一樣嘛。」

「妳說的是。」

「最近也真是怪。因為暖氣設備的緣故，到處都很乾燥，東京明明又不是多冷的地方，卻過著像北國般的生活。」

命売ります　96

「是啊。那些高樓林立的市街正是如此。像我就很喜歡這種壁爐。」

「聽您這麼說，真高興。」

夫人眉開眼笑，她那柔媚的笑眼，連眼角細微的魚尾紋也顯得美。

「我家盡可能採用自然的暖氣，夏天也都不開冷氣。像最近那些高樓大廈都開著乾燥的暖氣，聽說只要待上一晚，便會乾得教人喉嚨出血呢。真是可怕！」

就快要步入正題了，羽仁男內心略感興奮，但夫人卻又回到原本極其平庸的話題。

「都市的環境衛生，雖然整天掛在嘴邊，但一方面就像文明過剩般，汽車廢氣汙染嚴重，另一方面，清潔隊卻又不來。」

「最近清潔隊確實很偷懶。」

「沒錯。您還真了解家庭問題呢。現在的男人說來還真是匪夷所思。單身漢很能理解家庭問題，而結過婚的男人反倒是裝聾作啞。您當然還是單身對吧？」

---

⑦ 全學連：全學連是一九四八年成立的「全日本學生自治會總連合」之簡稱。是第二次世界大戰戰敗後，學生們為進行教育復興運動而組成之組織。

「是的。」

「看您這麼年輕,想必正值『血氣方剛』的年紀。我可以直接稱呼您羽仁男先生嗎?」

「當然可以。」

「真高興。羽仁男先生……對了,您對草野露子這次離婚的事有何看法?這件事在週刊雜誌吵得沸沸揚揚呢。」

「電影女星都是那樣吧。」

羽仁男直言不諱的說道,讓人感覺到一絲「我對電影女星的八卦不感興趣」的排斥意謂,但夫人似乎完全誤解了他的意思。

「是嗎?可是草野露子之前明明過著那麼幸福的婚姻生活,為什麼會突然離婚呢?週刊雜誌一如往常,寫說是她先生在外拈花惹草,但我認為事情並非這麼單純。草野露子是京都人,在家中極盡小氣之能事。應該是她限制先生的零用金,使得先生逐漸受不了她的壓迫吧?當人妻子,就得對男人睜隻眼閉隻眼才行。羽仁男先生,您知道真相嗎?」

「不,我什麼都不知道。」

在無聊和焦躁的夾擊下,羽仁男忍不住用不客氣的口吻應道,這時,夫人的手突然從上

命売ります　98

面輕輕包覆住羽仁男擺在扶手上的手,他這才發現,之前隔著爐火,感覺很遙遠的椅子,其實近在咫尺,只要伸手便可觸及。明明就在爐火旁,但夫人的手卻冷若寒冰。

「抱歉。淨說些無趣的話題⋯⋯您很少看電影是嗎?」

「也不是沒看,只是我都看黑道電影。」

「這樣啊,最近年輕人最愛談論的話題就是車子了。週刊雜誌上常這麼提到⋯⋯不過,開快車最可怕了。死於車禍是最沒有意義的死法。」

「說的一點都沒錯。」

「交通問題是東京都知事最應該全力解決的大問題。不過,我曾經在第一京濱國道上目睹一樁車禍,當時有人身受重傷,但救護車卻遲遲不來,大家都火冒三丈。那段時間,傷患血流不止。理應要早點送他去醫院輸血才對,但別人賣的血同樣也很可怕,不是有人輸血後染上肝炎嗎?」

「您可曾捐過血?」

「是有這麼回事。」

夫人的雙眼因壁爐的火焰而炯炯生輝。

21

「不，我沒捐過血。」

「哎呀，您真是太輕忽自己對社會的義務了。世上明明有很多人因為缺血而發愁呢。您如果也是個男子漢，就該抱持不惜犧牲生命，也要解救那些可憐人的決心才對啊。」

「所以我今晚才會來到這裡！我早已抱持捨命的決心！」

因過於焦躁，羽仁男最後終於忍不住大喊。

「是嗎，我明白了。」

夫人臉上泛著淺笑，靜靜凝睇羽仁男。這時，羽仁男感到不寒而慄。

沉默了半晌後……

「您會留下來過夜對吧？」夫人說。

深夜時分，屋裡一片闃靜。薰應該早已入睡。

夫人帶著他來到位於二樓深處的房間，那裡似乎不是病房，瀰漫屋內的不是臥病在床的夫人身上的氣味，而是寒氣與霉味。

命売ります　100

「我去點燃暖爐。」

夫人前去將擺在房內三個方位上的煤油爐點燃,房內馬上充斥著一股煤油味,羽仁男在腦中暗忖,要是那三個不太穩定的火塔一起翻倒的話,不知會有什麼後果。

有三床疊得高高的棉被,爬上床時,身穿長襯衣的夫人一陣踉蹌,羽仁男連忙扶住她。

「我因為嚴重貧血,最近常會暈眩。」夫人掩飾她的難為情說道。

雖然寢具老舊,卻是上等的絲綢被,唯一比較令人在意的,是寢具似乎鮮少晾曬,理應很輕盈的棉被,卻因為裡頭棉絮陰暗的溼氣,感覺格外沉重。

緩緩褪去夫人的長襯衣後,羽仁男見到她年輕的肌膚,很難想像她是那名少年的母親,對此頗感驚詫。本以為她看起來只有三十歲左右,是因為化妝技巧高明的緣故,但此時眼前的她,膚光勝雪,膚質緊密柔滑,而且入手冰涼,宛如瓷器一般。儘管看不出一絲皺紋和老態,但那並不是緊實、充滿活力的肌膚。那皮膚宛如散發香氣的白蠟,完全感受不出半點生氣。人體裡存在著某樣東西,會從體內中心往外透射,讓全身閃耀生輝,但她唯獨欠缺這重要的要素。如果說她的肌膚帶有光澤,那也是屍體的光澤。從她腋下微微浮凸的肋骨,也看得出她的消瘦,但她的乳房卻很豐滿,線條柔美,腹部如同是盛滿濃密乳汁的容器,顯得柔

嫩白皙。

羽仁男感到一股不尋常的亢奮，將她緊擁入懷，夫人神情恍惚，任由他愛撫，如游蛇般扭動身軀，滑出羽仁男體外，不知何時，她已誘導羽仁男躺在她身軀下。

她的做法不帶半點支配意謂。以不可思議的熟練動作從男人身軀下逃脫，在毫不傷及男人自尊的情況下，猶如蛇在草莓的葉片上現蹤般，就此滑向男人身軀之上。

羽仁男沉浸在奇妙的陶醉中，微微感到一股酒味。有東西正在消毒。是手術刀嗎？他因這樣的直覺而閉上眼時，他的上臂感受到酒精灼熱的冰涼感。一股痛楚遊走。

「一開始先從手臂來。好結實的手臂啊。」

夫人低語道。緊接著，變成宛如傷口被擰扭般的痛楚，原來是夫人正以嘴唇吸吮。接著是一段漫長的靜止時間。夫人的咽喉正在吞嚥某個東西，發出含蓄的聲音。當羽仁男明白她吞嚥的是自己的鮮血時，不禁全身戰慄。

「真可口，謝謝您。今晚就到此為止吧。」

在檯燈的燈光下，她前來索吻的紅唇，沾有斑斑血漬。羽仁男發現夫人的雙頰，就像剛才在壁爐的火焰般看到的那樣，紅光滿面，充滿活力。那是生氣蓬勃的顏色。她的雙眼猶如

命売ります 102

走在街上的年輕女孩般正常，洋溢著健康活力。……

22

——之後羽仁男便一直在這座屋子裡住下。

每晚都讓夫人吸血，危險的部位逐漸受到傷害，靜脈被劃開，夫人吸血的量也與日俱增。

某天午後，他無意間撞見夫人的背影，發現她攤開一張血管圖，上頭繪有人體紅藍兩色的動脈和靜脈，正聚精會神的研究著。雖然羽仁男是在明白一切的情況下過這樣的生活，但是見夫人那神祕兮兮的背影，了解自己的身體也被當作其中一幅圖來研究後，還是不禁寒毛直豎。

不過，除了這件事之外，井上家的生活倒是與普通人沒什麼兩樣。

每當清早麻雀啾啾鳴叫，窗頭浮泛白光時，羽仁男便會在半夢半醒間發現夫人已起身下床，接著又再度進入夢鄉。

因為夫人前去幫兒子準備早餐。

打從羽仁男在這裡過夜的那天起，夫人隔天一早便整個人煥然一新，精氣飽滿。

她起床後神清氣爽，甚至口中還哼著歌，待送完兒子上學，重新回到床上，傳來她的腳步聲時，羽仁男這才起床，每天早上看到夫人，總覺得她一天比一天容光煥發，神采奕奕。

而比夫人看起來更幸福的人，其實是薰。

有一次薰與羽仁男兩人獨處時，對他說道：「我真是買到了好東西呢。有生以來第一次買到這麼划算的東西。相較之下，我爹留下來的藤田嗣治畫作，就算賣了也不覺得可惜。

「因為從隔天早上起，我媽就恢復了生氣，還會作飯給我吃，家裡一片開朗，託你的福，我得以好好向我媽盡孝，而我自己也覺得很幸福。

「這全都是拜你所賜。」

「不過，我仍不時會感到不安。要是你就這樣死了，我和我媽會變成怎樣呢？好不容易才找到你這位讓我們母子倆都覺得很滿意的男人。

「雖然很希望你能長命百歲，但我媽心裡一定也和我是同樣的心思……話說回來，我媽愈來愈喜歡你了，再過不久，她一定會殺了你。」

命売ります 104

「在那之前，也就是在你死之前，請不要拋棄我媽。讓我們三人一起和樂的生活吧。坦白說，我一直很憧憬這種美滿的家庭氣氛。」

羽仁男聞言，深受感動，但他忍不住心想，吃完晚餐，親子三人一起坐在電視前共享天倫之樂，這才是真正的理想家庭。

薰是一位很認真念書的高中生，就連看電視的時候，也都會把英語參考書攤在餐桌上，趁廣告時匆忙多看幾眼，翻動頁面，另一方面，整個人煥然一新的夫人，對家事格外用心，每天晚上都不忘為羽仁男準備由肝臟、肉、蛋烹煮而成的美味佳餚，營養滿分。而原本充滿霉味的屋子，如今也已擦拭得晶亮如鏡，夫人還一面看電視，一面以她纖纖蔥指編織，臉上不時掛著足以用神聖來形容的迷人微笑。至於羽仁男，以前他認為是由蟑螂排列成文字的報紙，如今已能仔細閱讀上頭的國際新聞。

這對夫婦並非完全足不出戶。

不過外出時，兩人一定同行。

夫人會以一條極細的金鎖鏈，將羽仁男的右手腕和自己的左手腕綁在一起後才外出，返家回到玄關後才會解開。

那是一條極為纖細的金鎖鏈，所以不會讓人發現，夫人輕輕一拉，羽仁男只會感覺到手腕那條緊縛的鎖鏈微微傳來一股抗力。

羽仁男逐漸懶得外出。

一來也是因為待在家中，整個人變得懶散，沉浸在家庭和樂的氣氛中，感覺無比愉悅，二來，身體一天比一天慵懶，變得很不愛外出。

像在十字路口急著過馬路時，突然感到一陣天旋地轉時，從中明白自己已來日無多，他並未因此感到不安，而是對任何事都嫌煩。

儘管如此，還是始終感覺不到恐懼，也提不起想要活下去的欲望，說來還真是不可思議。就這樣日復一日，昏昏欲睡、慵懶沒勁，彷彿會和逐漸到來的春天一起融入全新的季節中，就此消失。

某日，羽仁男和夫人一起前往他原本居住的公寓付房租。

公寓管理員一見他便說道：「你跑哪兒去啦？我擔心死了。竟然就這樣突然失去下落。」

「⋯⋯咦，你臉色很差呢。是生病嗎？」

「不是。」

命売ります　106

「嚇了我一跳。剛才你進門時，那張臉看起來就像死人一樣。還有⋯⋯」

看得出這名好色的管理員心思全放在緊依著羽仁男的夫人身上，頻頻想問此事，但因為有金鎖鏈綁著，羽仁男無法搭理他。

「我想看一下房間。」

「請。因為這仍算是你的房間。」

「另外，我想預先支付半年份的房租。」

兩人走進房內，羽仁男朝他上鎖的小抽屜裡翻找，發現那二十三萬日圓依舊原封不動。看來，這世上還有道德的存在。

夫人頻頻想替他付這筆房租費用，他加以拒絕，將往後半年份房租的十二萬圓交給管理員後，取了一份收據。

「你這個人還真是中規中矩呢。」

「不，我只是想分他一些遺產。因為我也沒其他親人。」

兩人如此悄聲低語。

確認過門外的牌子顯示「業已售罄」後，他將這些時日累積的郵件夾在腋下，和夫人一

起返回家中。

這下子在家裡就有東西可以閱讀了，他覺得很開心。

不過，當他開始閱讀時，他感到雙眼刺痛，信件的紙張形成白色閃光的漩渦。

最近每次對著鏡子刮鬍子，一看到自己的臉色，便不忍卒睹，但直到今天他才知道，他的貧血已嚴重到無法閱讀的程度了。

「怎麼了？」

「我覺得頭昏眼花，沒辦法看字。」

「真可憐。」夫人以充滿活力的聲音說道。「那我唸給你聽吧。」

「不，不用了。」

那原本就不是什麼重要的信件。

有一封是以前的同學寄來的信。

當中也有不認識的人寄來的信。

「雖然不清楚你是什麼樣的人，不過，看到你刊登『性命出售』的廣告，不禁覺得這是在開玩笑，無法就此坐視不管，所以才提筆寫了這封信。

命売ります 108

「古人說，身體髮膚受之父母，不敢毀傷，難道你不知道嗎？我看你是不知道。會刊登這種廣告的人，肯定是個沒教養的人。

「你如此作賤自己性命，到底圖的是什麼？在戰前，我等皆是光榮的日本臣民，有著『大御寶⑧』之美名，是理應為國奉獻的性命，儘管如今是標榜經濟主義的世道，但你也不該拿性命換取低俗的金錢。

雖然我對眼下這金權萬能的世道深感憤慨，但正因為有你這種人渣，也難怪金權主義會如此猖獗。那當真是令人唾棄的廣告，道德淪喪莫此之甚⋯⋯」

這封信後面還有七、八頁，羽仁男在腦中想像一名滿臉紅光、咄咄逼人，但多的是時間無處打發的失業中年男子，他費了好大一番工夫才把那厚厚一疊信紙撕毀。感覺得到自己現在手指連撕信的力氣都不剩了。

另外一封信署名是女子，錯字連篇。

「你可真酷。真是酷斃了。你說要性命出隻（售的錯字），講得這麼露骨，真的不答

---

⑧ 大御寶：天皇子民的意思。

（打）？緊嗎？我也要性命出隻（售），乾脆我們兩人交喚（交換）？性命，一起上床吧。

等到隔天一早，我們兩人就會找到新的姓命（命？）。在這火紅玫瑰盛開的季節裡，我們一定會找到讓人很想吹口哨高歌的幸福人性（人生？）。要不要和我結婚？」

全部看完後，羽仁男感到厭煩，直接請夫人代為撕碎。夫人那柔細的手指為之泛紅，三兩下便將厚厚一疊信紙撕毀。

那天晚上在臥室裡，夫人以異於平時的認真口吻向羽仁男低語道：「明天晚上，我會讓薰去親戚家過夜。」

「為什麼？」

「因為我想和你好好獨處享受一下。」

「可是，我們不是都夜夜春宵嗎？」

「明天晚上不一樣。」

「明天晚上，我不想把薰捲進來。」

夫人微笑時，溫熱的氣息從鼻尖略過，但羽仁男卻微微聞到一股血腥味。

「可是，他會乖乖去別人家過夜嗎？」

「他會的。因為那孩子最善解人意了。」

「然後呢?」

夫人沉默片刻。在檯燈的亮光下,她那最近似乎更顯亮澤的秀髮,正如波浪般起伏。

「雖然對你有點過意不去,不過,我對你靜脈的血已經膩了。因為那味道太過溫順,嘗不出新鮮感。明天晚上,我想嘗嘗動脈的血。」

「也就是說……我的死期到了?」

「是的。我一直在想,該選哪一處動脈才好,不過,還是選頸動脈好了。打從見到你的那一刻起,我就很喜歡你粗壯的後頸,我見到你,就好想一口朝你的後頸咬下,但我一直在忍耐。」

「我任憑處置。」

「真開心。天下怎麼會有你這麼可愛的人呢。你是我人生中第一次遇見的真男人。然後……」

「咦?」

「等我喝夠你動脈的血,我打算把身旁的煤油爐全推倒,把這屋子燒個精光。」

23

「那妳呢?」
「當然是一起燒死嘍,傻瓜。」

羽仁男感覺自己的人生中,第一次邂逅了他人的真心,就此闔上眼。他的眼皮不斷抽動,充滿病態。

——「明天晚上」終於到來。

「趁這在世的最後時刻,我們兩人一起去散步吧。」夫人道。

兩人命終之日已到來。在這冬日和煦,景致美好的向晚時分,薰已在放學回家的路上被遣往親戚家。

「這附近有一間小公園。是武藏野的遺跡,那裡滿地山毛櫸的枯枝,美不勝收。我想去那裡看看。」

「就這樣待在家裡也很好啊。」

「可是，我想和你一起散步，留下對這人世的回憶。就像一對少年少女一樣。」

「那三十分鐘就要回來哦。」

其實羽仁男早已認定出門是件麻煩事。憑他現在的體力，得扶著柱子才勉強能站立，而且光站就會頭暈目眩，弱不禁風，怎麼可能悠哉的散步。他只感到渾身慵懶，寧可直接就這樣在昏昏沉沉的狀態下被劃開動脈。

「而且我臉色這麼蒼白，不想這樣見人。」

「哎呀，為什麼？其實你現在的氣色好看極了，這樣正理想呢。難道你們男人不懂就是要這麼蒼白才好看嗎？這樣很浪漫呢，其實蕭邦可能也是這樣的人。」

「夠了，我又不是得肺癆。」

就在兩人你一言我一語聊著的當口，夫人已換上皮質的外出散步服，拿著金鎖鏈走來，羽仁男也穿上帥氣的杏黃色毛衣，好讓自己的氣色好看些，然後就像讓主人牽出門散步的狗一樣，手腕套上金鎖鏈，就此出門。

來到屋外，果然心情舒暢不少。他深吸一口清新的空氣，感覺全身彷彿因為吸入肺中的空氣重量而搖晃，但想到這就是人生最後目睹的夕陽景致，感覺倒也不壞。

「我是否曾經眞的愛過生活呢？」羽仁男暗忖。

關於這點，他完全沒半點自信。他隱隱覺得自己現在似乎正興起愛意，但這也許是因為體力衰退、頭腦不清的緣故。

夕陽晚照的美深深滲進他心中，心臟正嘆通嘆通直跳，感覺隨時都可能會停住，兩鬢血管跳得好急。不久，他們從市街櫛比鱗次的宅邸屋頂，看到一群宛如敞開美麗蕾絲的巨大山毛櫸。

「就是那個。那就是有名的山毛櫸樹林。」夫人說。

羽仁男就快要在今晚結束生命了。當中不帶半點自己的意思，這點令他大呼痛快。自殺很麻煩，而且太過戲劇性，不合他的胃口。況且，要死在別人手中，得要有某個理由才行。他不記得誰對他有這樣的怨念和憎恨，也不喜歡那麼受人關注，到非得讓人殺了他不可的地步。出售性命，是不必負責的好方法。

那美麗的山毛櫸樹梢，就像朝晚霞投出的網子般，精妙絕倫的一把纏住天空的淡藍，這是爲什麼呢？自然爲何可以美得這麼無用，人類爲何可以煩擾得這般無用。

然而，這一切就快要結束了。我的人生已邁向終點，一想到這裡，心裡頓時像薄荷般清

命売ります 114

24

兩人行經公園入口處的香菸攤。店門口有個紅色郵筒。有一名老太婆在顧店。

但接下來，他後腦升起一道白色的龍捲風，頓感一陣天旋地轉，就此不支倒下，彷彿有人扶住他的手，但他已不省人事。

到此為止羽仁男還記得。

……當他回過神來，人已躺在醫院病床上。

當時已經入夜，一名身材略胖的護士，正在遮光的電燈底下翻閱雜誌。

羽仁男如此詢問。他感到嚴重耳鳴，傳來護士的聲音。

「我到底怎麼了？」

「你醒啦。請好好靜養，已經不用擔心了。」

「到底是怎麼回事？我只知道我在香菸攤前昏倒……」

「你有嚴重的腦貧血。你昏倒對吧？一定是那個香菸攤的人替你叫救護車。因為你是救護車送來的，說你是急症患者。」

「又是救護車？」羽仁男頗感沮喪。「然後呢⋯⋯」

「然後？」

「我診斷的結果怎樣？」

「你是惡性貧血，醫生抽你的血檢查後，嚇了一大跳。因為你的血又黃又稀。像你病情這麼嚴重，竟然還能在外行走，醫生大為驚訝。你這樣正好和不知限度的賣血人那種最危險的全身症狀一模一樣，不過從你的裝扮來看，又不像是賣血人。最重要的是，你還有個如花似玉的太太跟在身邊。」

「啊，那名女子人在哪裡？」

「那名女子？她不是你太太嗎？」

「她在哪裡？」

「她已經回去了。她聽醫生說，你只要在醫院住上一個月，服用造血劑，多補充營養，就能康復後，便大為放心。說家裡還有事便先離開，那已經是大約三個小時前的事了。」

命売ります　116

「在那之前，我一直都昏迷不醒嗎？」

「真是這樣就嚴重了。是醫生對你做造血劑和營養劑的注射時，在裡頭摻了安眠樂。總之，你現在的第一要務就是靜養。一定要保持安靜。不能亂動或是讓情緒激動。」

「可是，她⋯⋯」

「真是位體貼、漂亮的好太太啊。她和你不一樣，看起來很健康，難不成你的精力全被她給吸光啦？」

「⋯⋯」

「就連住院費，她也先用銀行支票預付了一個月的份，對我也很用心，還包了一個大紅包給我，所以怎麼看也不覺得你是個賣血人。」

羽仁男闔上眼，沉默了半晌，接著突然想到某件事，彈跳而起。

「糟了。」

「你怎麼了？你要保持安靜啊。」

「糟了。總之，妳快點幫我打電話。」

羽仁男報出井上家的電話號碼後，護士一面頻頻叮囑他不能亂動，一面撥打枕邊的電

話。羽仁男忐忑不安的在一旁等候。心跳得好急。

「沒人接聽。」

「有撥通嗎？」

「是有撥通，可是沒人接。」

護士擱下話筒後過沒多久，窗外響起消防車的警笛聲

「哎呀，有火災呢。最近天氣異常乾燥，真是危險。」

羽仁男靜靜聆聽那逐漸靠近的警笛聲，其他地方也傳來警笛聲，兩個聲音交互重疊。

「這裡是哪裡？」羽仁男突然問道。

「咦？」

「我是問妳，這家醫院位在什麼地方？」

「荻窪啊。我們號稱是在荻窪一帶位於最高處，視野最佳的醫院，頗獲好評。就算長期住院，也因為風景怡人，一樣能樂在其中哦。就像飯店一樣，而且你又住這種特別病房。」

「從這裡看得到某某町嗎？」

「應該看得到。就位在公園對面。」

「沒錯。請從窗戶往外望，看火災是否從某某町傳出。」

警笛聲相互交錯，益發響亮。護士先叮囑他一聲「不能亂動啦」，接著走向窗邊，微微打開窗戶望去。

「哎呀，看得到火光。真的是某某町失火了。」護士大叫道。

羽仁男從她白色制服與窗戶的縫隙處，看到紅光映照在制服上的火紅天空，羽仁男忍不住想從床上站起身，但突然一陣暈眩，就此失去意識。

25

——不管他再怎麼問，始終沒人願意告訴他火災的事。

一位明顯一看就知道是刑警的便衣來訪，在醫生的陪同下向他做此簡單的偵訊，所以真相已紙包不住火。

「你是井上太太的什麼人？」刑警朝病床呼出難聞的口氣，如此詢問道。

「我們只是普通朋友。」

「你和他一起散步時，突然昏倒，被送往這裡對吧？」

「是的，可是，為什麼問這些事呢……」

醫生在一旁使眼色，可惜慢了一步，刑警以極為客觀的口吻說道：「井上太太在昨晚那場火警中命喪火窟，不過聽說她交往複雜，而且又是獨自引發火災而死，令人質疑。她的獨生子目前由親戚收留，他抱著母親的屍體放聲大哭的模樣，令人同情。聽說那孩子在校成績相當優異。……不管怎樣，你有完美的不在場證明，所以沒有問題。只要簡單回答幾個問題就行了。」

羽仁男聽聞此事後，頓時淚如泉湧，連他自己也感到驚訝。從來不曾因別人的死而感到悲傷的他，竟然也會流淚！

「總之，我曾經愛過她。」羽仁男激動的說道。

「沒有遺產贈與之類的問題吧？」

「請不要問這些低俗的問題。」

醫生在刑警耳邊悄聲說了此話，刑警便很制式化的留下一句「那麼，請多保重」，就此離去。

命売ります 120

26

上了年紀的醫生低頭望著躺在床上的羽仁男，語氣平靜的說道：「你或許遭遇了許多事，但你現在的第一要務就是保持心情平靜，好好靜養。住院費之前已先預付，甚至還超出應付的金額，所以我認為，那位太太的遺願是希望你能好好療養，早日恢復原有的健康。還年輕，不要因為這種不幸的事件而意志消沉，要好好振作。有時心情的好壞，也會影響到藥效。你恢復健康之姿，朝氣蓬勃的走向全新人生，是對她最好的供養。來，我幫你打一針鎮靜劑吧。」

這名老先生骨瘦如柴，活像一頭老鹿，不太像醫生，反倒有點像牧師，羽仁男對他存有好感，但他想起之前好像也曾在哪裡聽過類似這種近乎常識的勉勵話語。

對了。是在他服毒自殺後，於離開急救醫院時，有人對他說過類似的話，雖然內容不同，但幾乎是同樣的話語。一味的鼓舞人，要人光明的走向人生，面對生命。卻一概不管別人遭遇的是何種情況！

——不過，儘管羽仁男滿腹心思，但他年輕的身體還是日漸康復。根本不需要住上一個月那麼久。醫生說，應該兩週就能出院。

某天，薰突然跑來探望他，羽仁男本以為少年會痛罵他一頓，一直不敢直視少年。但少年卻顯得很開朗。在護士面前毫不避諱，很露骨的說道：「羽仁男先生，我真的很感謝你，今天前來，很希望你能明白我的感謝之情。

「雖然警方一直囉嗦的調查此事，想查明究竟是自殺、縱火，還是自然起火，但不管怎樣，我媽人都死了，他們也沒什麼好說的。

「如今細想，我媽註定是個命不長久的人。所以有我們三人一起同住的那段幸福回憶可以珍藏心中，這樣就足夠了。至少你還活著，日後我們還能不時聊聊那段回憶。總之，託你的福，我媽第一次在她人生中嘗到幸福的滋味，就此含笑而終。真的很謝謝你。」

少年以老成的口吻如此訴說時，豆大的淚珠從他的大眼裡滾落，滴向他學生制服的膝蓋上。

「日後也歡迎你不時來玩。有事都可以找我商量。」

「好的，謝謝你。」

「另外,有件事想拜託你,剛好我把公寓鑰匙帶在身上。我一直都把鑰匙圈放在長褲口袋裡,所以才沒隨著那場火燒掉。不好意思,我把鑰匙交給你,可以麻煩你去幫我看看公寓現在的情況嗎?」

「拜託,你又要開始做生意啦?」少年向後退卻。「別再這麼做了,你還沒學到教訓嗎?」

「你別管那麼多,去幫我看看嘛。郵件應該都會從門底塞進房裡,你只要幫我取來就行了。」

──少年接受他的請託,就此離去後,護士毫不顧慮的問道:「你到底在做什麼生意?」

「這和妳沒關係吧?」

「人家好奇嘛。」

「我是小白臉。這樣妳懂了吧?」

「是嗎?對我來說,太貴了,買不起。」

「對年輕女士可以免費服務哦。」

「哎呀……」

護士撩起她白色的裙擺，露出她的白色長襪以及長襪上方的白色吊帶，還有上面那宛如鄉間泥土般的黃色大腿。

「哦，妳說這家醫院景致好，指的就是這個嗎？」

「也許吧。你已經恢復精力啦？」

羽仁男將護士抱上床，以此代替回答。

——薰怎麼去這麼久沒回來。

正暗自擔心時，薰終於在晚餐後返回，將郵件拋向床上說道：「太可怕了。」

「怎麼啦？今天那名護士已經回去了，沒人會來，你用不著擔心。說來聽吧。」

少年喘息不止。

「我打開門，正在翻找時，突然兩名男子走了進來。」

「是日本人嗎？」

「是啊。爲什麼這樣問？」

「因爲我總覺得是外國人。然後怎樣？」

命売ります　124

「他們從後面架住我,問我『刊登廣告的人是你嗎?』我差點呼吸就這麼停了。接著另一個人說『不,不可能是這樣的小孩』。一開始那名男子說『接連監視了這麼多天,本以為終於逮到了,沒想到竟然是個小鬼』,另一個人則是以很嚇人的聲音回答道,『不,一定是他派來的。逼這小鬼說出那個男人在什麼地方』。我騙說我會告訴他們,接著一把抓了郵件便往外跑⋯⋯」

少年說到一半突然停了下來,驚恐的張大嘴巴。因為病房的房門沒人敲門,自己緩緩開啓。

27

「你們是什麼人?」

房門打開,衝進兩名男子,羽仁男冷靜的對他們喚道。

說他「冷靜」,聽起來似乎很了不起,不過他其實覺得,要是這兩人毫不講理就殺了他,那也無妨。他心中隱隱帶著一股哀傷,想追隨那美豔的吸血鬼到另一個世界去,他感覺

得出，之前自己對死亡的那種輕薄、客觀實際的想法，如今已變得有點渾濁。不過一切都不重要。一個將死之人的動機為何，根本無關緊要。

那兩名男子，其中一人背抵著門監看室內，另一人則是緊盯著躺在病床上的羽仁男。

少年薰整個人緊貼向病床後方的牆壁，全身戰慄，現場模樣宛如羽仁男挺身保護少年一般。

兩名男子皆三十歲左右，一身樸素的打扮，看起來不像黑道。從他們犀利的眼神、方正的臉形來看，研判不是軍人，就是警察。因為他們的動作雖然很俐落，但身上的西裝卻顯得土裡土氣。羽仁男很想指點其中一名男子，灰色西裝不該搭配那條很不顯眼的鼠灰色領帶。

「喂。」

當中較為年長的男子，頭也不回的朝站在門前的另一名男子喚道。

當那名男子走來時，羽仁男望見一開始發號施令的男子，手中握著一把黑色手槍，槍口正對準他。

「別動。也別出聲。……喂，小弟，你也一樣，要是你亂叫，或是想逃跑，我會馬上賞你子彈吃哦。」

到目前為止，還算是常見的手段，但接下來，那名走近的男子突然一把握住羽仁男的左手，身子半坐在病床上，開始很仔細的量起他的脈搏，這令羽仁男大吃一驚。

三十秒的沉默過去。

「多少？」

「三十秒跳了三十八下，所以是一分鐘七十六下。」

「跳得真慢。很正常嘛。」

「一般的脈搏數也許更低。有人一分鐘只跳五十下。」

「好。」

語畢，發號施令的男子將手槍冰冷的槍口抵向羽仁男睡衣的心臟部位。

「接下來，等三分鐘後就開槍。在那之前，你要是敢亂動或是發出聲音，我馬上就開槍。只要你乖乖聽話，就還能多活三分鐘。」

薰開始悄聲哭泣，男子壓低聲音喝斥道：「吵死了！」

薰只好蹲向地板，暗自哭泣。

發號施令的男子使了個眼色，另一名男子又開始量脈搏。現場又是一陣沉默，宛如漆黑

的河水流經一般。

「這次是多少？」

「奇怪。變得更慢了。只有六十八。」

「怎麼會有這種事。你再量一次。」

「是。」

羽仁男感覺對方像在量心電圖似的，益發感到平靜，由於這當中存在著一股難以言喻的滑稽，所以他也提不起勁反抗。

「如何？」

「還是六十八。」

「好，真是好膽識。太教我訝異了。像他這樣的男人，我還是第一次見到。我們這般苦心尋找，果然沒有白費。」

發號施令的男子說完後，將手槍收進西裝的內側口袋，接著態度驟變，以很和氣的口吻道：「來，請放輕鬆吧。你通過測驗了。哎呀，真是太教我驚訝了。你膽子可真夠大。測驗成績相當出色。」

28

男子後退一步，拉來一張椅子，狀甚熟稔的坐向病床旁。面對這令人意外的變化，薰停止哭泣，從床下站起身。

羽仁男發現自己睡衣的第三顆鈕釦沒扣好，將它扣好時，指尖碰到一個突刺之物。拉出來一看，原來是一根發出青黑色亮光的髮夾。肯定是剛才那名護士所遺落。

「你到底是什麼人？」

發號施令的男子嘴角輕揚，點燃了菸。

「哦，豔福不淺哦。」

「我問你們到底是什麼人。」

「我們是你店裡的顧客。」

「咦？」

「對顧客不該用這麼沒禮貌的口吻吧。我們可是前往 Life for sale 公司購買性命的顧客啊。店裡有顧客上門，有什麼好大驚小怪的。」

「你們要買東西，難道就不能用和平一點的方式嗎？」

羽仁男也頗為驚詫，想要點菸。那名發號施令的男子遞出手槍，扣引扳機，頓時在他鼻端前冒出打火機的火來。

「原來是耍這種手法。」

「因為測驗會用到各種手段。」

男子笑咪咪的回答道，神情看來極為和善。

「小弟，這樣你也明白了吧。剛才在公寓裡對你粗手粗腳的，不好意思啊。因為我們急著要找到這位羽仁男老弟，敝費不少苦心。我們只是普通顧客，也明白羽仁男老弟是個將性命看得輕如鴻毛的人……」

「鴻毛是什麼？」薰悄聲問道。

「鴻毛就是鴻毛啊。你連這個都不知道啊？最近的高中生還真是的。所以我才說，現今的日本教育實在不行。……對了，你可以回去了，關於羽仁男老弟的安全，你不必擔心，我們不會做出任何違法行為。建議你回去後別告訴警察這件事。你要是亂來，搞不好這把打火機手槍，會發揮真槍的功能哦。你要是肚子被開了個洞，這樣子去上學也不會開心吧？」

命売ります 130

「要是你替我開了個洞，我就在那裡裝上鏡片，供人觀賞，一次收費十圓，這樣也是個不錯的打工方式呢。」

「少胡扯了，快回家吧。」

「再見了。」

薰悄聲說道，一臉擔憂的望著羽仁男，正準備離去時，羽仁男對他說：「不用替我擔心。你當初到我店裡來時，不是很強勢嗎？近日我會和你聯絡，你就放心回家吧。」

「嗯。」

薰的身影消失在門後。

「哦，那小鬼也是你的顧客啊？」

「不，買我性命的人，是他母親。」

「哦。」

發號施令的男子一臉感佩，另一名男子這才鬆了口氣，不發一語的坐向別的椅子。

「不過，既然接下來要聽兩位談重大的事，就不能讓那孩子聽，我們不妨邊喝酒邊談吧。我是一位狀況很好的患者，醫生甚至還建議我喝酒呢。」

29

羽仁男從病床底下取出一瓶蘇格蘭威士忌酒，以床單大致將布滿塵埃的酒杯擦拭過後，遞給那兩名客人。兩人似乎覺得有點可怕，靜靜聽著威士忌倒入酒杯裡的咕嚕咕嚕聲。

三人一同舉杯，靜靜的飲酒。

「那就來談生意吧，成功報酬是兩百萬圓。如果沒能成功，則只能拿到二十萬圓的訂金，你覺得如何？」

「請別那麼快下定論。這件事若能順利進行，你有可能保住一命，同時領到兩百萬圓。」

「願聞其詳。」

「你說的成功報酬，是指我丟了性命，換言之，你們出的費用就是那二十萬圓對吧？」

羽仁男在床上盤腿而坐，小口啜飲著酒，擺出要仔細聆聽的姿勢。

「該從何說起好呢。」

發號施令的男子眼角泛起笑紋，神情清楚呈現出他的和善爲人以及過去吃過的苦，開始娓娓道來。

「我們的名字和職業都不能明說。身爲你性命的買主，我想，這也是理所當然的事。請聽我說明原委吧。

「我們是貨眞價實的日本人，此事牽涉了日本以外兩個國家的大使館。

「就稱其中一國爲Ａ，另一國爲Ｂ吧。Ａ國的大使夫人是眾人公認的美女，某天晚上，她召開宴席，邀請各國大使到他們的大使館作客。

「就大使館來說，這是很常有的公事，比我們請客人到家中打麻將還要普遍。當天晚上，大使夫人穿著一件曳地的翡翠綠晚禮服接待賓客。由於有皇室人員會出席，算是一場晚禮服宴會，所以才特地如此盛裝打扮。

「至於我們與大使館之間有什麼關係，請恕我隱而不表。

「且說，如果在翡翠綠的顏色下，加上同色刺繡的晚禮服，任誰也會猜她戴的是翡翠綠飾品。Ａ國大使夫人戴著一條出色的項鍊。上頭有三十五顆翡翠，每顆中間鑲著小鑽石，價格不菲。但就在晚宴開舞，大廳光線變暗，眾賓客狂舞，晚宴即將結束時，這才發現夫人胸

「夫人對此事默不作聲，其他賓客也沒發現，至於發現的賓客，則以為是夫人中途取下。

「舞會開到一半，有半數的賓客先行離去，所以到了晚宴結束時，大廳顯得相當空蕩。

「夫人雖然臉色略顯蒼白，仍是堅強的以笑臉送走每位賓客，待最後一位賓客離開後，她才倒在大使懷中嚶嚶啜泣。

「『不好了。不好了。我的翡翠項鍊被偷了。』

「那項鍊價值數千萬圓，就算失竊，也算是一件天大的事，但因為是在宴客時突然遺失，所以絕不能讓眾人受辱。

「『咦？』

「大使只應了這麼一句，同樣也面如白蠟，半晌說不出話來。

「大使絕不是個小氣的人。

「他在國內坐擁龐大資產，甚至有人說他是為了好玩，才買下大使這個職位。沒道理為了區區一條項鍊而亂了陣腳。

「然而，大使有個沒向夫人明說的重大問題。

「此事得先從翡翠這種寶石開始說明。

「大部分的寶石都得清澈透明才會有好價錢，唯獨翡翠例外。天然的翡翠一定會有裂痕。

「此裂痕就如同是俯望綠海般，是欣賞寶石的樂趣之一，而裂痕的模樣也有其美術價值。說到翡翠，它與鑽石不同，可說是肉體的寶石。因為這宛如煙霧般的細微裂痕，不僅是這顆綠寶石的生命，同時也賦予寶石某種充滿活性的神祕。

「大使送夫人這條項鍊當禮物時，特地在當中摻了一顆人工翡翠。

「這是一顆作工巧妙的人造寶石，與其他三十四顆擺在一起，幾乎無從分辨真偽，不論是裂痕的模樣、色澤，全都幾可亂真。

「然而，這顆人造寶石的細微裂痕，正是Ａ國直接寄送給大使的最高機密電報的密碼解讀鑰匙。

「它上頭像煙霧般迷濛細微的裂痕，透過燈光映照出電文後，就能解讀密碼。

「由於得知Ａ國的電文已在某處遭人竊取，大使幾經思量後，決定將這解密之鑰刻進翡

翠中,代替夫人保管那條項鍊,等到晚宴要使用時,再從金庫取出。

夫人當然不知道當中這層祕密。

見大使面如白蠟,夫人向他問道:『到底會是誰,趁我不注意時,公然偷走項鍊?今天的賓客,只有各國大使,以及日本最有水準的紳士淑女啊。』

『妳覺得是什麼時候被偷的?』大使顫聲詢問。

『這個嘛,應該只有跳舞的時候才有可能。』

『妳和誰跳過舞?有幾個人?』

『應該有五、六人吧。』

『試著回想看看。有哪些人。』

『一開始是親王。』

『接下來是日本的外務大臣。』

『他應該不會有問題,接下來呢?』

『他應該也不可能。然後呢?』

『B國的大使。』

「啊,也許是他。」

Ａ國大使緊咬嘴唇。

Ａ國與Ｂ國一直都在東京展開激烈的間諜戰,也難怪大使會懷疑對方。

「趁著酒酣耳熱,場內昏暗,笙歌鼎沸之際,混在人群中偷偷從夫人雪白的粉頸上取下項鍊,這等勾當有可能是Ｂ國大使所為,因為那傢伙雖然身材高大肥胖,手指倒是相當柔軟靈活。」

「當天晚上,大使夫妻為了該不該報警,苦思良久,但到了隔天一早,家中傭人端著銀盤來到沒睡好的夫妻倆面前,盤裡擺著一個牛皮紙信封。

「『今天一早,信箱裡放著這個東西。』

「打開一看,正是那失竊的翡翠項鍊。

「夫人自然是欣喜若狂。

「『哎呀,原來是惡作劇。真是折騰人。不管是誰,做這種惡作劇,真是丟盡外交官的顏面。』

「『確定是妳的項鍊沒錯吧?』

「『是的,沒錯。』」

夫人朝晨光抬起將那串帶有三十五顆翡翠的美麗項鍊,搖晃了幾下。

「大使拿起項鍊,找尋他要看的那顆翡翠。接著旋即發現,只有那顆人工翡翠被掉包成天然的翡翠了。」

30

「當時只要大使向夫人坦言翡翠的祕密,或許心裡會舒坦些。」發號施令的男子接著道。

「但大使就這一點來說,特別謹慎保守,仍有著傳統的紳士作風,雖說大使這項工作,必須夫妻倆合力投入公務方可勝任,但大使的個性,卻是選擇將最高機密獨自往心裡藏。」

「大使馬上發電報回國,說明密碼的解讀之鑰已被人竊取,希望今後的密碼電文要全部更新密碼。」

「這麼一來,日後的事就能解決了。」

「然而，之前的電文要是被竊取，進一步解讀，公諸於世的話，將會構成嚴重的國際問題。既然對方知悉翡翠的祕密，並加以竊取，這樣的結果不難想見。」

「大使心想，要是解讀的資料明天就公諸於世，一切就全毀了。不過若是晚一天，就有一線生機。晚兩天，便會有更多生機。因為這表示對方擔心公開後會遭到報復，要不就是有什麼無法公開的理由。」

「儘管如此，要將對方盜走的資料全部取回，幾乎是不可能的。因為對方肯定馬上影了數份，寄回他們國內，因此，就算取回其中一份也無濟於事。」

「大使不知所措。」

「每天感覺如履薄冰，只能靜靜等候對方出招。」

「不過，他手上還有一張牌可打。」

「那就是偷出相當於我方翡翠的密碼之鑰，這麼一來就能進行交易，因為我方雖然也持續竊聽他們國家打來的電文，但目前仍完全無法解讀密碼。」

「大使拿定主意，認為與其一整天空等，不如早日竊取到手，加以反制。問題是對方的密碼之鑰在哪兒？」

「B國不僅找出這份極機密的翡翠之鑰，還成功竊取。B國素以傑出的間諜網聞名，一定有這個能耐，不過A國對他們自己的間諜組織也頗有自信。目前之所以沒能找出對方的密碼之鑰，想必是諜報人員過於散漫。

「大使嚴格下令，務必要在兩天內找出對方的密碼之鑰，並竊取到手。

「A國的間諜許久以前便在B國大使館裡打探，但始終查不出和其他大使館有何不同之處。只有一點不太一樣，聽說B國大使深夜時總在書房裡看書，似乎就是趁那時候解讀B國的電報，這位大使很喜歡紅蘿蔔，會在桌上的杯子裡插上二十根左右切成條狀的生紅蘿蔔，一旦肚餓，就灑上鹽巴，張口便嚼。這項情報是從某個店家那裡得知，他們常將上好的有機西洋紅蘿蔔送到B國大使館。

「最高機密的密碼解讀與生紅蘿蔔。

「當真是無比奇妙，而且滑稽之至的組合。

「A國最優秀的幹練諜報員，從中嗅出此事並不單純，認為這樣的組合絕非偶然。

「這名潛入B國大使館的男子，姑且就稱為X1號吧。他出生於歐洲某個小國，在A國接受徹底的諜報訓練，沒有國籍。擁有八個假冒的個人經歷。

命売ります 140

「X1號在潛入B國大使館前,已暗中見過A國大使。

『今晚我一定會找出密碼之鑰,送來給您。』

「『可有鎖定什麼目標?』

「『我會去試吃B國大使的紅蘿蔔。』」X1自信滿滿,嘴角輕揚。

「這卻是A國大使最後一次見到X1號。

「他後來陳屍於B國大使館內,被人發現。

「B國大使對外宣稱是身分不明的竊賊潛入,服氰化鉀自殺,就此解決此事。

「又過了幾天,見B國大使館還是沒對外公布他們竊取到的A國機密電報內容,A國大使略感心安,但當然還是無法絕對放心。

「因為一個月後,不,一年後,B國有可能會看準最有政治效果的時機將情報公諸於世。

「A國大使接著派X2號潛入。

「X2號就此下落不明。

「但在臨行前,他曾和A國大使見面,和X1號一樣,說他『一定會試吃紅蘿蔔』。

「接下來的Ｘ３號也是同樣的情形，消失無蹤。

「Ａ國大使館益發明白事情的嚴重性。換言之，問題似乎就出在紅蘿蔔上，但Ｂ國大使好像把他們給瞧扁了，依舊每晚在桌上擺上新鮮的生紅蘿蔔。而前往一試的人，從杯裡抽出紅蘿蔔試吃後，肯定都會因氰化鉀中毒而立即一命嗚呼。可能那二十根紅蘿蔔當中，只有一、兩根沒抹毒，唯有Ｂ國大使能加以分辨，可口的品嘗他的紅蘿蔔，嚼得卡滋作響。那應該與密碼的解讀之鑰有關，但他們用盡辦法，就是無法從二十根紅蘿蔔當中分辨出哪個無毒。

「而且那爲國捐軀的三名間諜，個個都是投注了數億圓經費培育出的精英，就像無形的文化資產一樣，Ａ國大使館再也不能繼續做無謂的犧牲。

「所以才選中了你。

「你正是有辦法潛入Ｂ國大使館，分辨出無毒的紅蘿蔔，加以試吃，進而從中掌握解讀之鑰的人物。

「如何？

「如你所見，我們是貨眞價實的日本人，不過我們受過Ａ國特別的恩惠，所以才會想買

命売ります　142

你的性命,向A國報恩。」

「這麼說來,事情成功後,A國會給你們大筆賞金對吧?」

「這是當然。否則,我都這把年紀了,才不會模仿黑道的行徑,四處查探你的行蹤呢。」

「說的也是。」

羽仁男悠哉的朝天花板吐了口煙。

「你覺得如何?二十分之一的機率。有勝算嗎?」

「不,先不談這個⋯⋯」羽仁男露出沉思的表情。「A國的大使館已暗中竊取到B國的最高機密電報了對吧?」

「這是當然。」

「根據我的推理,那東西根本派不上用場。」

「為什麼?只要能找到密碼之鑰的話⋯⋯」

「不,比起密碼之鑰,問題在於電報用紙。A國大使館裡,有B國大使館接收電報的用紙對吧?」

31

「這個嘛……」

「得先確認這件事才行。不過這一切都是明天的問題。我也許明天就會死了,所以今晚得好好睡一覺才行。兩位請回吧。請明天早上來接我。」

「不,這時候你們要是逃走,那可就麻煩了。我們也要在這裡過夜。」

「那就隨你們便吧。明天一早護士來替我量體溫時,一定會嚇一大跳,到時候就說是親戚來這裡探望我,留在這裡過夜吧。真傷腦筋,好個會給我添麻煩的親戚啊。總之,明天早上大使館開門時,請你們其中一人前往A國大使館,確認有無B國的電報用紙。一切都等確認過了再說。」

「這男的膽子可真大。」

羽仁男自信滿滿的說完後,就此打了個大哈欠,頭倒向枕頭,旋即打起鼾來。

留下來過夜的兩名男子互望一眼,為之咋舌。

隔天早上晴空萬里，春意無限。強行向醫生取得外出許可的羽仁男，趁著發號施令的男子前往大使館的空檔，在鏡子前悠閒的刮著鬍子。

發號施令的男子離開後，另一名男子突然變得話多了起來，不斷講著一些三百分之百符合常理的話，令羽仁男覺得，這麼平凡無奇的事，虧他說得出來。

「哈哈，你這是武士的修為對吧。在赴死之際，還能保有這般平靜的心境，果然不簡單。」

男子請護士替他買來奶油麵包，以此當早餐，他一臉天真的張口大嚼麵包，在朝陽下顯得格外鮮豔的黃色奶油，從麵包旁邊流出。

羽仁男已許久未曾從他的人生中發現這般有趣而滑稽的妙事了。據他的推理，A國這個一流強國的間諜，犯了個愚蠢至極的疏忽，以致就此喪命。當然了，他的推理是否正確，目前尚未確定。

刮完鬍子後，抹上乳液，感覺容貌變得清爽、年輕許多，連他自己也看得入迷。這張臉，活像是不知人間疾苦，也不懂責任為何物，恣意妄為的富家少爺。已花開三分的櫻花，在窗外隨風搖曳。

不久，發號施令的男子返回，喘得上氣不接下氣。

「太好了、太好了。Ｂ國大使館的電報用紙之前就取得了。看來，Ａ國的諜報員也沒那麼混。對了，在你冒死潛入之前，必須先去見Ａ國大使一面。」

「幾點可以見他？」

「十點到十一點之間可以。」

「對了。」羽仁男低頭看錶。「待會兒我要先繞到某個地方一趟，十點半應該可以趕到。」

「你要去哪裡？還有，你耳後還留有肥皂泡呢。」

「謝謝告知。」

羽仁男今天早上對於這樣的多管閒事毫不在意，以毛巾擦拭耳後，順便朝下巴抹了一把。這時，他發現毛巾上有點點紅漬。原來是剃刀刮出的小傷口。那像死亡之浴般慵懶又甜美的滋味，血的鮮紅令他想起那名女吸血鬼，胸口為之一緊。這輩子恐怕再也無緣嘗到了。倒不如說，是那名女吸血鬼把自己的性命賣給了他。

「你要去哪裡？」發號施令的男子再次問道。

「你別問那麼多，跟我來就是了。沒什麼，只是買點小東西。人在死之前，總要做點準備。」

經他這麼一說，那名男子頓時轉為嚴肅的表情，不再多言，令羽仁男覺得好笑。

來到醫院玄關前，之前那名護士道：「你第一次外出，千萬不能玩過頭哦。因為這還不算是真正的外出。」

「我已經百分之百痊癒了，妳昨天不是已經測試過了嗎？」

語畢，護士朝羽仁男手臂捏了一把。

連手臂的疼痛，在戶外的春光下也顯得無比閃亮。這三個男人好似要去賭馬般，帶著玩樂與緊張夾雜的表情走下寬敞的坡道，往市街而去。

「我們去販賣有機蔬菜的高級食品店看看吧。得走到青山那一帶才行。」

三人攔了一輛計程車前往。

許久未見的市街景致，到處都感受不到死亡的氣息。人們整個沉浸在理所當然的生活中，以一副「活人醫菜」的模樣行走。羽仁男心想「我要是走進他們裡頭，就變成酸黃瓜了。」就算他一樣是醫菜，頂多也只能當下酒菜。與一天三餐的白飯無緣。他心想，「這也

是我的宿命，無可奈何。」

在店裡，羽仁男買了一袋一開始就切成條狀的紅蘿蔔，塑膠袋外頭仍帶有冰箱的結霜，兩名男子一臉認真的望著他。

「你就買這樣嗎？」

「就買這樣。接下來去Ａ國大使館吧。」

從那裡走過廚房和髒汙的樓梯，打開門後，突然來到一座寬敞的愛德華時代樣式的書房。

那座氣派的白色大使館，只能從後門的傭人入口走進，令羽仁男有點自尊心受損。

兩名男子改為立正站好。

因為可以看見大使坐在書桌對面，髮色花白的頭正昂然抬起。

「之前向您提過的男子，已為您帶來了。」發號施令的男子說道。

「辛苦了。我是Ａ國大使。」

大使很自然的伸手想要握手。羽仁男與他握手後，覺得觸感像是握住一把乾燥花。儘管軟得好像一握就會散了，但感覺卻像滿是尖刺刺進手掌。

命売ります　148

「這是訂金,請笑納。」

大使迅速朝備好放在桌上的支票寫上二十萬圓,並簽好名,將墨水未乾的支票交給羽仁男。

「那麼,我現在就進行這項工作,B國的電報用紙在嗎?」

「就是這個。已經準備好了。」

「另外,可否麻煩將竊取來的電文打進這個框框內呢?」

「沒問題。」

大使按鈴喚來打字員,將那份電文和電報用紙交給她。

「這裡有份影本,請過目。」

羽仁男大致看過後發現,電報就算轉譯成日文,一樣看不懂意思,當真是一份匪夷所思的電文。

在等候打字這段時間,那兩名男子、羽仁男、大使,彼此之間沒任何交談,就只是相對而坐。牆上掛著Ａ國的大政治家肖像畫,書桌旁環繞著金光燦然的書架,裡頭擺放著精裝本

32

的迪斯雷利⑨全集這類的書，整個房間總感覺漂散著一股甘甜、黏膩的外國人體味。那位有著平肩的中年女打字員，面無表情的拿來那份打好字的電報後，復又離去。

「那麼⋯⋯」大使說。

「那麼⋯⋯」

羽仁男說完後，從仍留有些許冷度的塑膠袋裡取出一根紅蘿蔔條，突然送入口中。

紅蘿蔔的紅色，是來自維他命A的主體胡蘿蔔素裡的色素，所以紅蘿蔔含有豐富的維他命A。

如果說紅蘿蔔裡含有破壞性的要素，那就是會破壞維他命C的抗壞血酸氧化酶。紅蘿蔔完全不含澱粉。因此，唾液裡會將澱粉轉化為麥芽糖的酵素——唾液澱粉酶，不會直接對紅蘿蔔產生作用。

問題大概是出在這彼此無關的兩項要素——抗壞血酸氧化酶與唾液澱粉酶，與塗抹在電

命売ります 150

報用紙上的藥品產生交互作用，巧妙的在抗壞血酸氧化酶不會產生作用的地方放置唾液澱粉酶，在唾液澱粉酶不會產生作用的地方放置抗壞血酸氧化酶，好分別讓它們引發藥物反應。

羽仁男仔細嚼過紅蘿蔔後吐出，塗抹在電報上，仔細一看，上頭的字句間逐漸浮現密碼的解讀之鑰。

「太教人驚訝了。」大使聚精會神的解讀。

「嗯、嗯。」大使暗自頷首。「還有紅蘿蔔吧？我還有許多電文想請您解讀。這真是幫了我一個大忙。這樣就能和Ｂ國談交易了。想必對方這下子也無話可說。終於完全扯平了。」

羽仁男嘴裡兀自嚼個不停。

「得加點鹽巴才行。……話說回來，這算是下酒菜。可以給我一杯威士忌嗎？」

「酒待會兒再慢慢喝吧。要是現在引發藥物反應，那可就麻煩了。」

⑨ 迪斯雷利：Benjamin Disraeli，英國保守黨政治家、作家，在政府中任職長達四十年，曾兩次擔任英國首相。

33

大使欣喜若狂，目光閃亮，滿懷期待的望著像馬一樣啃食紅蘿蔔的羽仁男。

──將嚼得黏答答的紅蘿蔔渣塗在所有電報上後，被帶往其他房間的羽仁男又收了一張兩百萬圓的支票，其他兩名男子也各自收了一張支票，看他們一臉喜孜孜的模樣，想必對這筆金額很滿意。

大使親自向羽仁男勸酒。

「您沒冒半點生命危險，就立下這等大功，到底是怎麼辦到的？我實在很想向您問個清楚。」

羽仁男本想回答，但這當中的複雜由來，他無法以英語表達，所以委由那名發號施令的男子代為翻譯。男子也很樂於幫忙，介於大使與羽仁男之間，操著一口和他土氣的模樣很不搭軋的流暢英語，為兩人口譯。不過，當中羽仁男說了一些很失禮的話，這時他都會適當的加以刪除。

命売ります 152

「A國到底是在發什麼愣啊？害死了三名重要的情報員，光是這樣就損失了數十億圓，不過仔細想想，如果是這種糊塗情報員，多死幾個，搞不好對貴國反而有利呢。你們那精明的頭腦，被欲望所蒙蔽，忘卻事物最簡單的本質，反而淨往枝微末節裡鑽，就是這樣才會犯下這等錯誤。」

「是這樣沒錯吧？」

「那三名情報員為了試吃紅蘿蔔，陸續潛入B國大使館，這是確切的事。單就這點來說，你們的推測沒錯。」

「然而，我看過那些新聞報導，上面怎麼寫來著？」

「『笨賊夜闖B國大使館。誤食毒紅蘿蔔，當場喪命』」

「在這樣的標題下，情報員嘴裡還含著一口加了氰化鉀的紅蘿蔔，B國大使對外解釋『他不小心將動物實驗用的食物擺在桌上，結果被肚餓的小偷給吃了』，就此成為一樁笑話。」

「最後你們就這樣上鉤了。第二名間諜也是同樣的死法。」

「因為你們認為B國大使之後一樣每天晚上都會若無其事的將紅蘿蔔擺在桌上，等候下

一個小偷上門。

「然而，有誰見過第一名間諜真的是試吃紅蘿蔔而死？也許是有人硬把紅蘿蔔塞進他嘴巴裡呢！

「換句話說，B國的目標，是讓你們以為要解讀密碼，需要特別的紅蘿蔔，而且要分辨有毒無毒的紅蘿蔔極為困難，這全都是心理層面的詭計。

「打從我聽聞此事的那一刻起，便發現這是詭計。

「為什麼你們不會認為『用普通紅蘿蔔也一樣』呢？這是連小孩子也明白的想法。但你們卻把它想得特別複雜，最後甚至還鬧出人命。

「所以我帶著兩個方案來到這裡。首先是以普通紅蘿蔔來試試看。這招應該十之八九行得通，要是真的不管用，我就算前往試吃含有氰化鉀的紅蘿蔔，就此喪命也無妨。既然是冒著生命危險，吃點紅蘿蔔根本不算什麼。

「現在我坦白告訴你們吧，我其實最討厭吃紅蘿蔔了。

「那紅中帶黃，土裡土氣的顏色，還有那氣味，特別是生吃時，直教人全身發毛。

「小時候看我那討厭的老爸啃著生紅蘿蔔，年幼的我便心想，要是我像他那樣的話，一

命売ります　154

定會變成一匹馬,我一輩子都不吃那種低俗的東西,久而久之,連生理上都產生了排斥感。

「日後我只要看到摻有紅蘿蔔的燉牛肉,就會像往馬桶裡窺望般,感覺很不舒服。還會在書店裡看到名為《紅蘿蔔》的小說,對作者的粗神經大為驚詫。

「如果要我從被槍殺或是吃紅蘿蔔二選一,我會選擇被槍殺,不過,我這條命並不是我的,它已經歸我的客戶所有,所以我才會上演這齣比死還難受的啃紅蘿蔔戲碼。

「這兩百萬圓算便宜了。

「我特別要告訴A國大使,今後請不要再把事情想得太過複雜。其實人生和政治一樣,都出奇的單純淺薄。但若沒有隨時都能赴死的念頭,是不會有這種心境的。想活下去的欲望,會讓一切事物顯得複雜離奇。

「那我今天就告辭了。日後應該是無緣再見了。

「此次的工作我會負起責任,絕不向任何人提起,所以請勿派遣您引以為傲的情報員查探我的一切。」

「另外,今後恐怕再也沒機會幫得上您的忙,所以請不要再找我。

「我對A國與B國對立的政治問題沒半點興趣。你們可能太閒了,才有空搞『對立』

「那麼，告辭了。」

那名發號施令的男子口譯完畢時，羽仁男已退至氣派的大門前，恭敬的低頭行了一禮。

34

羽仁男回到醫院後，急忙整理行囊，離開醫院，一面注意後頭有無別人跟蹤，一面返回公寓，接著便開始整理打包行李。

「終於要離開啦？瞧你才剛完全恢復健康，就要搬離這裡，眞教人捨不得。不過，接下來半年的房租費，我可不能退還給你哦。」

「好啊，你就留著吧。」

「看你年紀輕輕，收入倒挺不錯的嘛。」

公寓管理員似乎有點嫉妒，舌頭在口中翻動，如此說道。這個男人活像一頭反芻的牛，總是將食物的殘渣含在口中某處，細細品味。

羽仁男的行囊很簡單。他幾乎不看書，衣服也是穿膩了就丟，所以家具整理好之後，剩下的家當用三個大紙箱便收納完畢。他看到先前曾一起共進晚餐的老鼠玩偶，索性一起丟進其中一個紙箱。

他找來搬家的小貨車，就停在公寓前方。對面人家玄關前的瘦弱櫻花樹，掛著不到十朵櫻花，貨車司機心不在焉的望著櫻花，沉浸在賞花的氣氛中。

見他沒有要幫忙的意思，羽仁男只好自己逐一從公寓裡搬出家具。

他似乎身體還沒完全康復，也可能是紅蘿蔔吃多了對身體有害，才搬了兩張椅子，便已汗流浹背。

公寓管理員不知躲在什麼地方，完全沒來幫忙。

他好不容易扛下桌子，來到樓梯半途，桌子突然變得輕盈許多。

正當他覺得納悶時，才發現原來是那名發號施令的男子將他的桌子扛到自己肩上。

「我來幫你忙吧。你大病初癒，不適合自己搬。」

說著說著，另一名男子也快步衝上樓梯，對他喚道：「把這個箱子搬下樓就行了對吧？」

行李轉眼都已搬上貨車。

「謝謝兩位。不過，我不是拜託過你們，別再跟蹤我嗎？」

「我沒有要跟蹤你的意思。只是想報恩而已。對我們有恩的人，都會腳底抹油，想要離我們遠遠的。這點我們也很清楚。我們今後絕不會給您添麻煩，如果您有什麼困難，請跟我們說一聲。我們一定會鼎力相助。」

「你身上帶著槍對吧？」

「這是當然。」

發號施令的男子臉上露出單純率直的表情，丹田有力的應道，接著遞出一張寫有『內山誠』三個字的名片，上頭除了地址和電話外，沒寫任何頭銜。

男子臉上洋溢充滿誠意的微笑，向他問道：「接下來您要搬到什麼地方去呢？」

「別問這個問題。因為連我自己也不知道。」

羽仁男冷淡的說完這句話後，坐進貨車前座，留下在櫻花樹下揮手的兩人，貨車很不情願的啟動。

「要去哪兒？」心不在焉的司機如此問道。

命売ります　158

「世田谷。」羽仁男隨口應道。

其實他也不知道該何去何從。

他懷裡有兩張支票，分別是兩百萬圓和二十萬圓面額。

他望著像撲粉般的春日街頭，暗自計算從事這項生意後賺取的收入。

從第一位老翁那裡賺了十萬圓。

從自殺的女子那裡賺了五十萬圓。

從吸血鬼的兒子那裡賺了二十三萬圓。

這次的事件賺了二百二十萬圓。

合算共賺進三百零三萬圓。以一個月賺一百萬圓的情況來看，倒也稱得上是樁好買賣。

收入是他當初當廣告文案的十倍。

雖然白花了一筆公寓租金，但只要有手頭上這些錢，便可保能過上好一陣子闊綽的生活。

如果是流行歌手或電影明星，當然可以賺更多錢，不過他們的開銷也大。無法像羽仁男這樣，拿自己的性命當商品，時而悠哉的受人照顧，時而讓人吸血，過著輕鬆自在的生活。

不管怎樣，他認為現在是「性命出售」這個生意暫時休息的好機會。目前可以先過一陣子逍遙闊綽的生活，若是想一直這樣活下去也行，如果想死，到時候只要重新再做這項生意即可。

他從未有過如此自由的心境。

他實在搞不懂那些選擇結婚，一生都被束縛，或是在公司上班，讓人當牛馬使喚的人，腦子裡在想些什麼。

像這樣恣意揮霍，等錢花完了再自殺，不就好了嗎？

自殺⋯⋯

想到這裡，不知為何，他精神上興起一股嘔吐感。

只因為有過一次失敗的經驗，自殺這件事令他百般排斥。好不容易沉溺在自甘墮落的愉悅心情中，此刻的他始終提不起勁起身去拿近在眼前的香菸。雖然很想抽根菸，但他知道香菸擺放的位置，就算他伸長手也搆不著，因而起身拿菸便成了一件麻煩事，就像有人拜託幫忙推一輛拋錨的車一樣。而這就是自殺。

「要去世田谷的哪一帶？」司機行駛在環狀七號線上，如此問道。

命売ります　160

「去哪一帶是吧。找一處有房仲公司或介紹所的地方吧。」

「真不敢相信。先生,你還沒找好搬家的地方啊?」

「是啊,還沒找到呢。」

「真令人難以置信。」駕駛雖然這麼說,臉上倒是沒什麼驚訝之色。

在駛進梅丘車站的轉角處,有一家在玻璃門上張貼租屋告示的介紹所映入眼簾。

「就那裡吧。在那裡停一下。店門前應該可以停車。」

「嗯。」

司機嘴巴微張,以鼻音應答。

他打開門走進店內。

「歡迎光臨。」

一名年約五十,長得白白胖胖的婦人,正坐在桌子前,像在查資料。

屋內角落有一組內裡稻草外露的沙發,一旁擺著插有人造玫瑰花的花瓶,牆上貼著這一帶的地圖。

「我想要租房子,可以的話,希望是獨立的別房,可以自由進出,還有人可以幫忙張羅

35

「三餐,有這樣的房子嗎?」

「這樣啊,一時之間無法馬上幫您找到您理想的房子。您希望的價位是多少?」

「一個月五萬圓。五萬出頭也沒關係。當然了,伙食費另計。」

「請等一下。」

婦人翻閱帳冊時,玻璃門被人用力打開,走進一名身穿長褲的女子。

那名年約五十的婦人一見此人,明顯蹙起眉頭。

身著長褲的女子,似乎步履不穩,模樣怪異。

她氣色不佳,年紀還不到三十,和體型相較之下,臉蛋顯得特別小,算是傳統日本型的細緻五官,與她毛衣底下鼓起的雙峰還有體型也很不相稱。

女子走進店內的同時,那名年約五旬的婦人似乎完全忘卻羽仁男的存在。

「妳要是再這樣糾纏不休,小心我報警哦。」又白又胖的女店主豎起全身的肥肉,如此

命売ります 162

威脅道。

「要報警就去啊。我又沒做什麼懷事。」

長褲女子口齒不清的說道，將羽仁男前方的椅子轉過來，背對他坐下。

「因為妳實在太糾纏不休了。收那麼高的房租，又開出一大堆條件，就算妳說會多給我一些介紹費，但我又不是人力仲介。既然這樣，妳何不自己去找人，和對方交涉呢。就因為妳沒那個本事，所以也無可奈何啊。」

「妳這裡明明是介紹所，卻還說這麼沒禮貌的話，妳沒這個權利。再說了，我有沒有本事，與妳何干啊！」

話才剛說完，女子頭靠向椅背，突然打起鼾來。她熟睡的表情無比天真，微張的雙唇狀甚柔軟，是個會激起人欲望的女人，不過她的鼾聲實在教人不敢恭維。

「我正覺得怪呢，原來是吃了藥。根本就是在耍我嘛。我得報警才行。不好意思，您可以幫我顧一下店嗎？要是這個女人醒來後胡來，把店裡的東西砸壞，那可就傷腦筋了。真受不了。」

「這到底是怎麼回事？」

羽仁男忘了停在外頭的貨車，不慌不忙的坐下細問。

「她是附近一間大戶人家的千金小姐。和父母同住在一間豪宅裡，是家中的么女。其他兄姐都已結婚，各自成家，只有她因為父母溺愛，極盡任性之能事，過著糜爛的生活，以她這個樣子，根本嫁不出去。

「說到她父母，原本是這一帶的大地主，但戰後生活困頓，我幫了他們不少忙，代為變賣房產。如今只剩這座豪宅了，就算過去再怎麼有錢，現在要是光靠變賣家產度日，早晚也會米缸見底。於是他們想出租家中三間茶室風格的別房，這是常有的事，所以要我幫他們的忙，我自然不會排斥。

「但教人頭疼的是，玲子這位大小姐把一切全搞砸了。那麼老舊的別房，她要求收取押金五十萬，每個月房租十萬，一文都不能少，而且還有個附加條件，得是單身的年輕男子才行，我替他找來的顧客，她連瞧也不瞧一眼。當中甚至有一位是看上玲子小姐的中年社長，說他願意出這筆錢。不過，玲子小姐一直這樣妨礙我做生意，搞砸一切，我實在無法忍受。你也設身處地替我想想。她這樣子誰受得了啊。」

語畢，婦人忘了上警局的事，以衣袖掩面，放聲大哭了起來，最後甚至額頭抵向貼有租

屋告示的玻璃門上哭泣，整個玻璃門就像遭遇強風般，頻頻作響。

一人鼾聲雷作，一人放聲大哭，羽仁男不知如何是好，但最後他拿定主意，站起身，伸手搭向那名兀自哭泣不停的婦人肩膀。

「我說，我可以租那間房子。」

「咦？」

婦人拭去眼淚，緊盯著羽仁男的臉，幾乎都快將他穿出洞來。

「不過我有個條件。因為我嫌麻煩，所以想先暫時將行李搬往那處別房擺著，等看過之後，要是我不喜歡，或是對方看我不順眼，我馬上就離開。」

「你已經搬來了嗎？」

「貨車在外頭等著呢。妳看，在那裡。」

一陣風吹來，對面那座牆外隨風搖曳的櫻花樹，底下停著那輛貨車，司機再度從車內走出，心不在焉的觀賞櫻花。髒汙的藍天，宛如蒙上一層泛黃的煙靄。可以望見有隻貓從牆上走過。貓躍向櫻花樹黑色的枝椏，像水母般搖晃著身軀，順著樹枝而下。

好個古怪的明亮午後。

感覺像忘了某件重要東西的午後,彷如明亮空曠般的春日午後。

羽仁男之前一直都想好好休養,但此刻他感覺自己又捲入某個怪異的事件中。這世界的形狀,應該就像雲形尺規形一樣。地球是球狀的說法,恐怕只是謊言。另一邊或許會在不知不覺間扭曲變形,往內凹陷,或者是筆直的一邊突然成了斷崖絕壁。

人生沒有意義,這句話說來簡單,但想要在無意義中生活,需要有很強大的精力,羽仁男重新對此興起一股感佩之情。

婦人搖玲子肩膀,將她喚醒。

「喂,這位先生說他願意租那間別房哦。快點帶人家去看房子吧。」

玲子睜開眼,但頭仍靠向椅子,抬眼望向羽仁男,她的嘴角有一條口水的絲線閃著亮光,羽仁男看在眼裡,感覺有點嫌棄,卻又覺得莫名的性感。

玲子站起身。

「我沒意見。花了這麼久的時間尋找,終於找到人了。喂,妳開心一點好不好。別老是說我壞話嘛。」

命売ります 166

36

玲子以不帶半點感動的空洞聲音誇張說道，一把抱住婦人。

「她就是這樣教人受不了。老是讓人傷透腦筋，但其實，只是個長不大的孩子。」

婦人這次明顯以做生意的職業笑容朝羽仁男微笑。

在玲子的指示下，貨車上的行李全部在離後門不遠的別房玄關前卸下，接著玲子拉著羽仁男的指尖，走在通往主屋的踏腳石上。

行經草木蓊鬱的庭院，很難想像這附近有一條車流不息的環七道路，看見前方有一對老夫妻面對面坐在主屋外廊邊的籐椅上。

「哎呀，妳回來啦，玲子。」

「嗯，我帶回一位要租別房的房客。」

「哎呀呀，屋裡一團亂，有失敬意，請進屋裡坐吧。」

個子嬌小、氣質高雅的老夫人，恭敬的向羽仁男問候，身旁站著一名同樣和服打扮，氣

質出眾的白髯老翁。

「幸會，敝姓倉本。」

老翁笑容滿面的自我介紹，令羽仁男頗有好感。

他被帶往客廳，背對壁龕而坐，主人端茶招待，這樣的款待過於傳統，而且尋常，令羽仁男又多了一項納悶之處。

屋裡的家具很氣派，巨大的紫檀櫃架上擺有香爐、玉鸚鵡當裝飾，壁龕裡的畫軸，也是寫有詩句、古色盎然的桃源鄉圖。

「小女禮貌不周，請多多海涵。」

屋主話才剛說完，老夫人便接話道：「不，雖然禮貌不周，但卻是個心地善良，像神一般的好女孩。她因為天真無邪，總是想以純真的心去面對世事，最後落得得靠服用海母那……」

「啊，媽，是海米那⑩才對。」

玲子立即明確的加以糾正。老夫人把這位年近三十的女兒，描述得有如十二、三歲的少女般。

「哦,是這樣啊,她服用這種東西,另外還有L什麼的。」

「媽,是LSD⑪。」

「L什麼?咦?妳說SSB?這好像某個咖哩的牌子呢。總之,她服用這種時下流行的藥劑,晚上在新宿一帶遊蕩,全都是為了見『夢中的王子』一面。是這樣沒錯吧,玲子?」

「討厭啦,媽。」

「這孩子就是自尊心特別強,這點和她其他兄姐不一樣。她很認真看待自己的人生,這種個性很好,所以我們才認為得讓她這項特質好好發展。老年人不能摘掉初生的新芽,所以我們希望能永遠以溫暖的眼神來守護她。哎呀,一直在談我女兒的事,不過,我這心地善良的女兒很努力改造那間別房,說她想讓理想的男人在裡頭居住,我們又怎能反對呢?」

「今日有幸能與您見面,或許是神明的安排吧,對玲子來說,這實在是無上的幸運啊。」

「玲子,快帶這位先生去參觀別房吧。」

---

⑩ 海米那:Hyminal,某種安眠藥。
⑪ LSD:麥角酸二乙基醯胺(Lysergic acid diethylamide),是一種強烈的半人工致幻劑。

「嗯。」

玲子站起身，再度用力拉著羽仁男的小指，羽仁男就此跟蹌的站起身。

春光從葉叢間稀疏的樹枝透射而下，眾多光影落向庭院，沿著山茶花點點綻放的草叢，再次返回別房後，玲子唰的一聲拉開擋雨門。

裡頭不見任何茶室用的榻榻米，而是一間鋪了一地磁磚，圖案宛如鋪滿落葉的廚房。

羽仁男走進隔壁的大廳，大吃一驚。

地上鋪的是奢華的天津地毯，法屬印度支那風格的竹床，上頭鋪的是波斯風的斜紋編織床罩，而看起來像是會掛上茶室掛軸的壁龕，卻安設了一台氣派的立體音響。另一方面，屋內角落是整組由越南風的紫檀木打造、採螺鈿圖案裝飾的路易式椅，而一旁擺的是新藝術運動的青銅檯燈，造型是以曲線柔順的鈴蘭葉當女人的下半身，上半身則是姿態扭曲，支撐著燈火。

牆壁以厚質綢緞包覆，角落有一座貼有鏡子的美觀酒櫃，打開櫃門，裡頭陳列的盡是好酒。

「照這樣看來，也難怪會收這麼高的房租。」

羽仁男在心中低語，玲子似乎已看出他的心思。

「那名女房仲根本就不知道我家中的情況。真是個傻瓜。我故意說話激她，她就真的發火了，真是有意思。為了打造這個房間，我可是煞費苦心呢。我平時總是獨自一人。……去新宿也是一個人去。沒跟任何人交朋友。因為感到寂寞，所以才培養出這樣的嗜好。好笑嗎？」

「不會啊。不過，這是個不錯的嗜好，雖然多少有點古怪。」

「這全都是我爸爸的蒐藏品，我從倉庫裡拿出來擺的。雖然他現在一副了悟俗世的模樣，但以前也做過不少壞事呢。」

「妳爸爸沒意見嗎？」

「意見？在我們家，我說的話，若有誰敢忤逆，包準他害怕得不敢活命。」

玲子突然朗聲大笑，久久不停。

這時，老夫人輕敲那尚未打開的擋雨門，走進房內。

仔細一看，她端著一個漆盆，煞有其事的在上頭擺了一份折好的公文書。

「這是申請書和合約書，請您過目。」

上頭寫著「押金五十萬圓 每月房租十萬圓」，字跡就像是某種書法流派般，詳細周到的明記各種事項。

「我雖然有錢，可惜是支票，而且面額與您要的金額不符。現在已過了三點，請容我明天再到銀行兌換現金。」

「看您方便，什麼時候都行。」

老夫人說完後，緩緩離去。

羽仁男在意起玄關的行李，與擺設這種家具的房間相形之下，他的行李寒磣極了，他很想將行李擺進倉庫裡。

這時，玲子馬上對他說道：

「如果要放進倉庫，我隨時都能替你帶路。你帶來的家具，就收進倉庫裡吧。」

她似乎會讀心術。

「妳為什麼懂得別人的心思？」

「我吞了藥，變得口齒不清時，就會這樣。雖然不清楚是怎麼回事，不過平時並不會這

命売ります　172

樣。」

兩人就此無話可談，陷入一陣沉默。

後來愈想愈覺得這家人很古怪。想不透為什麼要張羅如此豪華的房間，擺上這麼大一張床，而且對房客挑三揀四，收取這般高額的房租。

這當然有可能是為了生活，但若真是這樣，這名已過花樣年華的放浪女，料想也不會為了找房客，而緊纏著介紹所不放，就此遭人嫌棄。

雖然行為有違常規，但也不像是有精神上的毛病。

像羽仁男這樣的男人，儘管從某件事情脫身，但也許命中註定又會遇見其他「同類」。玲子那剛睡醒的迷濛眼神，肯定是一眼便看出羽仁男絕不是個健全而又中規中矩的人。

孤獨的人會像狗一樣，馬上便嗅出彼此的孤獨。

偏偏這樣的人，會有將自己的窩裝飾得光彩奪目的習慣，說來還真是不可思議。羽仁男以前待在他那簡樸的公寓，從事「性命出售」的買賣，成功收場，最後他開始找尋奢華的休養之所，而此處再合適不過了，從它低矮的天花板看來，給人的感覺猶如壯麗的墓穴。

「我想在這個房間裡休養一陣子，消除身心的疲憊。」羽仁男半自言自語道。

37

「什麼事令你這般疲憊?」
「不,我老早就感到疲憊了。」
「對人生感到疲憊,對生存感到疲憊,不會是為了這種平庸無奇的事吧?」
「也沒其他可以讓人感到疲憊的事吧?」
玲子冷哼一聲,微微輕笑。
「你自己心裡很清楚。你是對死感到疲憊。」
玲子的眼神感覺很渙散,說出的話卻一針見血,令人不寒而慄。
羽仁男正為之震懾時,玲子從書架上取出一大本裝幀豪華的精裝書。擺在膝上,頻頻翻閱頁面。
「就是這個。」
玲子如此說道,指給羽仁男看。

命売ります 174

那是附有精美插圖的大開本《一千零一夜》。而玲子所指的插圖，是一個近親相姦的知名故事，一對同父異母的兄妹譜出禁斷之戀，為了躲避世人目光，他們在墓穴裡建造豪華的房間，蓋上蓋子，就此斷絕與地面上的聯繫，不分晝夜的沉溺於兩人的歡愉中，最後招來天怒，慘遭天火焚身。當他們的父親查出兩人藏身之所，進入墓穴查看時，只看到織錦的床鋪上躺著一對緊摟的焦屍。

插圖畫的是仍看得出人形的全裸焦屍，在完全看不出燒焦痕跡的豪華床鋪上緊緊相擁。這訴說出死亡的不祥與醜陋，以及活生生將兩人美好身軀吞噬的火焰，看起來不像是死於天怒之火，也許是被肉體的歡愉之火活活燒死。

「雖然都燒焦了，但他們還親吻著彼此，真是太酷了。他們是在欲仙欲死的巔峰狀態下死去。」玲子說。

「不過，你讓這麼一位恣意妄為的房客住進這種地方，到底是在打什麼主意？」羽仁男問。

「我早晚會慢慢告訴你的。等明天拿到該到手的東西後再說。」玲子說。

38

入夜後，羽仁男百無聊賴，於是打電話給薰。

「咦，你人在哪兒啊？你搬離了之前的公寓對吧？」傳來薰喜不自勝的聲音。看來，母親的死，已沒在少年心中留下任何陰影。

「我臨時搬家。想告訴你我的新地址和電話。」

「等一下！這電話沒人竊聽吧？」

「你的顧慮很有可能。不過，就隨它去吧。」

「你又開始重操舊業啦？」

「我目前暫時休息。」

「這樣好。最好先靜養一陣子。反正你也沒有經濟上的煩惱對吧？」少年以大人口吻問道。

「等我開始做生意時，再請多多關照。」

「拜託。你也該當個正經人了。對了，我可以去找你玩嗎？」

命売ります　176

「現在不太方便。」

「身邊又有女人是吧?」

「是啊。」

「唉,真是惡習不改。」

「日後我要是遇上什麼麻煩事,再打電話給你。因為像那種時候,我也只能仰賴你了。」

這句話明顯令少年頗感自豪。

「不過,到時候救了你,又會惹來你的埋怨,我該怎麼做才好?總之,我靜候你的聯絡。在那之前我不會打擾你,請放心。」薰說完後,掛斷電話。

隔天,羽仁男前往銀行開戶,把支票換成現金後,返回住處馬上便交給倉本夫人。

「您太客氣了,真是不好意思。不知小女會有多開心。她現在剛好外出。……小女找尋多年,就是在找像您這樣的人啊。」

老夫人在玄關處面露高雅的笑容,如此說道。接著煞有其事的將包在紫色包巾裡的合約書遞給羽仁男。

「可以打擾您一下嗎?」

「哪兒的話,快請進。我去泡茶。」這對老夫婦熱情的迎羽仁男入內。這裡看不到現代的一切妖魔鬼怪。不過他們的獨生女玲子除外!

被帶往一間幽靜的房間後,羽仁男心情頗為平靜。

倉本將他原本正在閱讀的唐詩精選擺在一旁。

「見您精神百倍,真教人替您高興。昨晚睡得好嗎?」他問。

「很好,託您的福。」

羽仁男很坦率的向他回了一禮。他之前極力尋死。但眼前卻有一對絕不會忙著尋死的夫妻。庭院裡有不知何處散落而來的櫻花瓣隨風飄揚,房裡則是有白天清冷的黑暗,以及老翁白皙的手翻動的唐詩精選頁面。他們就像靜靜的為即將到來的寒冬編織毛衣般,以漫長的時間,緩緩編織自己的死亡。

他們這股冷靜從何而來呢?

「玲子想必讓您覺得很驚訝吧?」倉本先生笑咪咪的說道。「請您見諒。她會變成那樣,我們要負起責任。」

命売ります 178

羽仁男忍不住望向倉本先生，這時夫人剛好端茶走來。

「是啊。也許告訴他那件事會比較好。」夫人語氣平靜的說道。

「我以前從事船務工作。」倉本先生開始娓娓道來。

「一開始是當船長，最後則是回到陸上，擔任自己所屬船公司的董事，後來當上社長，在這一帶買下土地，本想以大地主的身分悠度餘生。但後來國家戰敗，地主這行業行不通，家中經濟每況愈下。當初要是保留那些土地，現在恐怕已擁有數十億的財產，不過，因為戰後徵財產稅，我賣了一部分土地，後來連其他土地也陸續變賣現金，當眞是笨到家了。

「過去的事就不提了，么女玲子是在一九三九年⑫出生，也就是我沒當船長的隔年。

「我厭倦了船長的工作，罹患現在所說的輕微精神官能症。在精神醫病院裡住了兩、三個禮拜。後來已完全康復，這點從我日後被推選爲董事，並進一步擔任社長，成功勝任這些工作，便可得知。

「然而，就在二十年後，也就是九年前，這小小的事件卻讓玲子的人生嚴重觸礁。

⑫ 本書寫作時間為一九六八年。

「當時有人上門替玲子談婚事，玲子也很滿意對方，但後來對方卻突然拒絕這門親事。玲子是個凡事都得查個水落石出的女孩，對方拒絕她的理由，她大可不必查探，但最後她還是從那位大嘴巴的媒人口中問出了原因。

「對方查出二十年前我住院的事，興起無來由的懷疑，說我那肯定不是普通的精神官能症，因為我當過船長，所以一定是梅毒，而玲子是在我住院前出生，她一定染有先天性梅毒。

「從那之後，玲子便個性大變。

「開始抽菸喝酒。儘管我告訴她，那種謠言根本就是對方無聊的瞎猜，只要做血液檢查，馬上便能真相大白，要不然我們父女倆去醫院檢查，請醫生說個明白，但玲子還是不相信。不論我再怎麼用科學的方式說明，還是無法說服她。她對我說，『我以後一定會發瘋，只有這段時日可活，所以我不結婚，更別說是生孩子了。』這孩子一旦話說出口，就絕不會更改。

「她的兄姐們個個都很正經，一板一眼，全都極力苦勸她，但玲子卻更加彆扭，誰說的話都不聽。

「最後，在玲子的期望下，我更改名義，讓那座別房成為玲子的財產，但怪的是，她自

己不住，卻要以高額的房租租人，以此作爲自己的生活費。

「我雖已年老力衰，但養一個女兒還不成問題，如您所知，收來的房租，全成了她的個人收入。

「哎呀，講這些莫名其妙的話，對您很是抱歉。若您明白內情後，對小女有一絲憐憫之心，願意在此住下，那就太感激不盡了。

「最近她常到新宿一帶遊蕩，服用奇怪的藥物，左鄰右舍百般嫌棄，但她卻仍深信『我患有先天性梅毒，總有一天會發瘋』，眞教人拿她沒辦法。

「淨說這些丟人現眼的事，讓您見笑了。

「不過，有一件令人慶幸的事，那就是她雖然常出入於新宿一帶，星期天都鬼混到天亮才返家，但不知爲何，她總是獨自一人，沒其他狐群狗黨。也從沒帶一些模樣猥瑣的朋友回家過。這點眞教人額手稱慶啊。要是有那種雌雄莫辨、頭髮長得像妖怪般的人在家裡進出，我們一定會頭疼不已。

「說到這點，恕我冒昧說一句，像您年紀雖輕，但穿著得宜，年輕人就得像您這樣才對。」

39

——這天，玲子遲遲未歸。羽仁男躺在床上看書，有意無意的等著玲子回來。

前往新宿找尋玲子，根本是無意義之舉。

早從還是廣告人的時候起，他就很清楚嬉皮那班人。他們肯定是「無意義」的探究者，但又不像是直接面對「無意義」來襲，無從躲避的人。玲子就是很好的例子，他們會變成這樣，都有極為庸俗的理由。例如不合乎科學觀點的梅毒恐懼症，或是排斥上學、排斥念書等無聊的理由。

羽仁男站在某個高度，可以鄙視所有抱持「理由」的人。

無意義這東西絕不是以嬉皮他們所想的形式來侵犯人類。它絕對會以「新聞的印刷字變成排成一列的蟑螂」這樣的形態來犯。

本以為是道路，很放心的走在上頭，結果發現它竟是三十六樓高的大樓屋頂欄杆。

在逗弄貓兒時，貓叫了聲喵，張開牠那滿是魚腥味的嘴巴，突然從牠口中的闇黑看到一個宛如被大空襲燒焦的都市般，漆黑一片的廢墟。

命売ります 182

經這麼一提才想到，他曾經很想養一隻暹羅貓。但萬萬沒想到，後來竟會和一隻老鼠人偶共進晚餐。

用鏟子朝暹羅貓的鼻尖餵牛奶，等到牠想吞嚥時，再把鏟子往上托，讓牠整張臉沾滿牛奶。

在他的想像裡占有極重要地位的這項儀式，對日本的一切政治經濟來說，肯定也極為重要。換言之，一國的內閣會議應該就是這樣展開，安保條約問題也應該這樣解決才對。因為一隻傲慢的貓意外丟了臉面，我們才得以清楚明白養貓的含義。

也就是說，羽仁男的想法全都是從無意義開始，而且是為了有意義的自由而活。因此，他絕不能從有意義的行動開始。而那些從有意義的行動開始，遭遇挫折、絕望，直接面對無意義的人，就只是多愁善感的人。一群貪生怕死之輩。

當打開櫥架，清楚明白無意義早已隨著堆疊的穢物坐鎮其中時，人們還有必要去探究無意義，過著無意義的生活嗎？

羽仁男認為，自己早晚一定又會開始「出售性命」。

這時，茶室的門戰戰兢兢的被打開。本以為是貓，原來是玲子。

她耳畔掛著大大的塑膠耳環，身穿活像是墨西哥斗篷的服裝。從紅、綠、黃多色相間的條紋圖案中，有一張從領口冒出的蒼白臉孔。

「哦，妳回來啦。」羽仁男很居家的問候道。

「你肚子餓了吧？我來是想替你準備晚飯。」

「好個服務周到的房東啊。」

「你已經從我爸那裡聽說一切了吧。」玲子望著羽仁男的額頭問道。

「我這裡有這樣寫嗎？」

「是的，因為我什麼都知道。」

玲子說完後，走向廚房，開始丘丘乓乓的忙了起來。羽仁男覺得無聊，很想說話，儘管被水聲和切菜聲干擾，他還是大聲的與玲子交談。

「從今晚起，我可以到這裡過夜。妳覺得呢？」

「那很好啊。可是⋯⋯」

「可是什麼？」

「要是明天早上，我們兩人變成焦黑的屍體，那多沒意思啊。」

命売ります 184

「我可以把瓦斯栓打開。這樣就能死得漂亮點。」

「可是,像一千零一夜裡的故事,不是都徹底享受過之後才死嗎?光一個晚上實在不划算。」

「你太奢求了。」

玲子沉默了半晌,傳來鍋子煮沸的聲響。

「妳該不會在裡頭下毒吧?」

「這麼做比較好嗎?」

「事後會被人驗出砒霜哦。」

「如果是我們兩人一起死的話,就沒關係。」

「我還沒答應妳呢。我確實是向妳租房子,但我可沒簽約說要連妳一同租下。」

玲子作好菜,端向羽仁男。狀甚可口的肉湯和菲力牛排,外加一小瓶葡萄酒。她就像貓一樣,慵懶的坐在一旁,望著羽仁男認真吃飯的模樣。

「好吃嗎?」玲子問。

「嗯。」

40

「你喜歡我嗎?」她以同樣充滿睏意的口吻問道。

「嗯,妳煮得一手好菜,會是位好新娘。」

「別開玩笑了。我一直等著和你見面,還寄信給你呢。」

「我相信你一定會到我家來。我有一股奇妙的確信。你肯定就是那個人。在朝夕新聞上刊出奇怪廣告的人。」

「說要『性命出售』。是這樣沒錯吧?」

「沒錯,為什麼第一次在房屋仲介那裡見面時,妳就知道在報上登廣告的人就是我?我只是湊巧走進那家店的客人。」

「因為我手上有你的照片。」玲子以平靜的神情回答道。

「我的照片?誰給妳的?」

「你可真像刑警。像個小市民般,執著於這種小事上,真不像你的作風。」

命売ります 186

兩人的交談就此打斷，就算在房屋仲介的店裡邂逅玲子單純只是偶然，但自己不知何時被拍攝的照片，正四處散播，這似乎是千真萬確的事。不過，這是為什麼？在這無從捉摸的世界裡，自己什麼時候成了明星？

吃完飯後，玲子自己靠了過來，雙手夾住羽仁男的臉頰，一對大得嚇人的眼瞳，深深注視著羽仁男。

「我說，我把病傳染給你吧。」玲子說。

「好啊。」羽仁男懶洋洋的應道。

「我註定再過不久就會發瘋，也許這時候便會突然發狂哦。」

聽玲子這麼說，羽仁男突然為這名錯過適婚年紀的女人感到同情。

——褪去衣衫的玲子，有著晶瑩剔透的美妙胴體，令羽仁男頗感詫異。本以為她會因服藥而膚質變差，但事實上完全沒這種感覺，那光滑的玉膚，在幽暗的燈光下，緊密包覆她那不安而又孤獨的靈魂。雙峰顯得很健康，隆起的姿態如同古墳的形狀，她的裸身給人一種古典的印象。曲線玲瓏的腰身，雖然模樣上略顯誇張，但浮現在昏暗中的白皙腹部，始終都給人溫暖、豐盈之感。羽仁男手指所到之處，激起漣漪般的顫動，傳向玲子全身。羽仁男覺

41

得,保持沉默的玲子宛如一名被拋棄的可憐孩童。

但就在那重要的一刻來臨時,羽仁男從玲子眉間看到宛如金屬雕刻般深刻的痛楚,原本以為她不可能是處女的念頭就此推翻。完事後,床單上留下形狀像小鳥般的血漬。

他緩緩橫身躺下,故意不提此事,玲子卻主動對他說道:「怎樣,大吃一驚吧?」

「真的是吃了一驚。沒想到妳還是處女。」

玲子默默站起身,像後宮的宮女般,一絲不掛的在托盤上擺著甜酒與兩個利口酒杯,朝他端來。

「這樣我就能安心的死了。」

「別說傻話。」

羽仁男略感昏昏欲睡,模糊的應道。眼下他實在不想談生死的問題。

接下來玲子開始斷斷續續的說著,內容如下。

命売ります 188

「我很想像這樣走進墓穴。但我需要對象。一個最合適、與我很相似的對象。」

玲子說話時，外表與說話口吻截然不同，展現出內向的千金小姐氣質。

「我已在心裡打定主意，不會去喜歡任何人。因為我要是喜歡上別人，最後便會把疾病傳給對方，對方也太可憐了。就算有深愛我的人，即使被我傳染也無怨無悔，但我能給他的，卻是即將進精神病院的我，那不是很可悲嗎。因此，不管誰誘惑我，我也絕不以身相許。雖然我吃海米那和LSD，但一有危險我就回家。因為媽媽會溫柔地照顧我，這麼做比較好。」

「況且，那些打扮帥氣，但口袋裡只放百來圓的照片的男人，我根本看不上眼。不過，有錢的卻都是一些噁心的中年大叔。」

「我一直打算將我的貞操獻給買下我精心打造的墓穴、我的身體，還有我性命的年輕單身漢。此外還有其他條件。對方必須符合以下幾點，他得是個就算被我傳染疾病，也一點都不可憐的人；完全不考慮未來的人；隨時都能和我一起死的人。我想遇見這樣的人，請他買下我的一切。所以我在取得你的照片後，一直珍藏著，很希望能遇見這樣的人。」

「妳到底是從哪裡取得我的照片？」

「你還問啊？真討厭，打斷人家的話。真不像你的作風。」

玲子再次避開話題，不想談照片來源的事。

羽仁男伸手攬住她的脖子，緊摟著她那顯露不滿之色的臉龐，像哄小孩般說道：「妳聽好了。快從妳那憨傻的夢境中醒來吧。妳還只是個小孩。都已經三十歲的人了，還跟新宿那群小鬼廝混，僅憑著自己的觀念，將這世界染成一片蔚藍，以此為樂。就算是只有四張半榻榻米大的房間，只要開一盞藍色電燈，一樣會變成藍色。如此而已。即使變成了藍色，也不代表房間就此變成大海。

「首先，妳並沒生病。那是你自己向人撒嬌的幻想。

「第二，妳絕不會發瘋。妳現在所想的事，只是很孩子氣的瘋癲，這樣的瘋癲絕不會讓妳發瘋。

「第三，根本沒必要因為害怕發瘋而自殺。

「第四，沒人要買妳的命。妳竟然要我這樣的買人性命的專家買妳的性命，實在冒犯之至。自始至終，我都只出售性命，至於買人性命這種事，我才不幹呢。我可不想那麼墮落。

「聽好了，玲子，買人性命的人，而且是買來供自己用的人，是這世上最不幸的人。可說是置身於人生的谷底深淵，我的客人全都是可憐人。因為他們是這樣的人，所以我也很樂

命売ります 190

42

於讓他們買下我的性命。像妳這種三十歲的小孩，在今晚失去童貞，因自己誤會的幻想而對人生感到絕望，但其實根本還沒走進人生的死胡同裡，像妳這樣的女人，才沒資格買我的性命呢。」

「又沒人說要買你的性命。我只是叫你買下我而已。」

「妳還不懂嗎？我不是買家，是賣家。」

「我也是賣家啊。」

「說這什麼話，妳明明就是個門外漢。」

「少擺出一副專家的樣子。」

「我可是靠這行賺了大把鈔票呢。」

羽仁男吹噓起來。兩人就此噗哧而笑。

兩人的生活就這麼展開，過得還算快意。

羽仁男的說教毫無半點功效，玲子還是認定自己有病，並堅信近日就會發瘋，而且悍然拒絕就診。

「如果我因突然發作而發狂，請馬上殺了我，你也跟我一起死。明白嗎？」她成天把這句話掛嘴邊。

羽仁男總是隨口敷衍幾句，但表面上，兩人就像同居的戀人般過日子。當他們連袂出外看電影或散步時，羽仁男都嚴格禁止玲子嬉皮的嗜好，盡可能讓她穿上樣式單純，像是年輕少婦穿的服裝，與自己同行。如此一來，那嗆辣的感覺已從玲子臉上消失，一股微微的氣韻就此萌生。

某個黃昏，兩人到附近的小公園散步。為了看因昨天的風雨而散落一地的櫻花。

公園是面向民營鐵路的一小塊細長空地，一株巨大的老櫻樹，從鞦韆、浪木、攀爬架中間聳立而出。走過像馬鞍般的平交道後，便來到公園門口。今天是堪稱酷熱的豔陽天，昨天那場雨，在公園門前的泥土上鑲嵌了一地的櫻花花瓣。不只是櫻花花瓣，舊報紙也在風雨吹打下，就此攤開嵌入泥土中。

沒聽見孩童們的聲音，說來還真是不可思議。

公園裡鴉雀默靜，在仍繼續飄落的櫻花中，攀爬架因夕陽餘暉而閃著銀光。

兩人正準備坐向長椅時，猛然發現有個人影坐在椅子型的鞦韆上，在散落的花瓣中，微微搖晃著鞦韆。

是一名個頭矮小的老翁，還規規矩矩的繫著領帶。

羽仁男和玲子坐在長椅上，望著那名感覺有點眼熟的老翁背影，只見老翁從左邊口袋取出花生，用他枯瘦的左手一粒一粒塞進口中，空著的右手則是舞動著手偶。

手偶是以食指伸進它頭部後方，用大拇指和中指擺動它的雙手，它算是大型的手偶，街上販售的都是適合孩子玩的動物、Keroyon青蛙⑬、小丑，不過老翁的手偶不太一樣，它穿著高級色丁布料的紅色晚禮服，而且有豐滿的雙峰，而且頭部有一張像假人模特兒般的摩登臉蛋，連口紅都塗得無比紅豔。

老翁朝飄散的櫻花抬起那具手偶，頻頻嚼著花生，並不時動作拙劣的擺動手偶的手和頭。手偶時而搖頭，時而點頭。老翁似乎很喜歡讓手偶點頭，他讓手偶垂頭良久，然後神情

──
⑬ 一九六六年起，日本電視台節目的主角，為一隻綠色青蛙布偶。

完足的嚼著花生。這時候的手偶看起來就像是向老翁鞠躬道歉。

看他這個樣子，羽仁男和玲子再也無法輕鬆交談，兩人盡皆沉默。這時，傳來隆隆巨響，是上行與下行的列車交會。

老翁因聲響而轉頭，似乎這才突然發現自己背後有人。在潔淨的衣領圍繞下，他那宛如一根枯骨的頸項，極力往後轉，幾欲就此斷折，與羽仁男四目交接。

這時，老翁流露出恐懼的目光，在鞦韆中站起身，鞦韆反而因此晃動，老翁差點跌落，急忙握住銀色的柱子。

「你果然在跟蹤我。我不是跟你說好了嗎？你終究還是在跟蹤我。」

「你誤會了。」羽仁男旋即了解老翁心裡的恐懼，向他解釋道，「這是偶遇，我也嚇了一跳呢。」

「是嗎？真的是這樣？」

老翁右手拎著手偶，走下鞦韆後，露出狐疑的目光，朝長椅走近。不過，羽仁男身旁玲子清麗的模樣，明顯令老翁安心不少。

老翁站在兩人面前，朝玲子努了努下巴。

命売ります 194

「這位女士也是你的客戶嗎?」

「不,我來介紹一下。她是內人。我們結婚了,就住這附近。」

玲子也默默行了一禮。

「哦,那可真是恭喜啊。」老翁也一臉訝異的說道。「可以坐你們旁邊嗎?」

「來,請坐。」

坐向長椅後,老翁似乎不知該說什麼好,將手偶橫擺在膝上,口中假牙嘶嘶作響。

「你都用假牙嚼花生這類堅硬的東西,真不簡單。」羽仁男刻意以帶有些許熟稔的口吻,輕鬆的問道。

「我這是特別製作的假牙。不過,呼吸時都會發出聲音,是它的缺點。……我拿出來給你看吧。」

「好啊,謝謝。」

老翁取下手偶,小心翼翼的收進內側口袋後,突然手指伸進口中,一把取出整套假牙。

像犬齒般的牙齒,銳利的朝門牙兩側挺出,臼齒則是呈鋸齒狀。

「活像是吸血鬼的假牙。」

羽仁男一臉感佩的端詳著。假牙上到處都沾有嚼碎的花生粉。老翁再度將假牙套進口中。

「用這種犬齒嚼花生，很輕鬆就咬碎了。」老翁說明道。「還有，這個臼齒是特別製作，讓人永遠都咬得動牛排，直到嚥氣為止。因為我的人生，現在除了吃之外，已沒其他樂子了……對了，你現在好像變正經了。」

「是的，託您的福。」

「太教人吃驚了。你做那麼危險的生意，竟然沒喪命，還能平安無事的結婚成家，真不敢相信。」老翁從內側口袋取出手偶，遞向羽仁男面前。

「我現在都用這種方式和琉璃子在一起。」

羽仁男接過那具手偶，拿在手中，那種輕飄飄，宛如無物的觸感，令他聯想到「亡骸」一詞，心裡微感發毛，所以他馬上便交還老翁手中。細看之後發現，明明不覺得手偶的頭和琉璃子有什麼相像，但移至老翁手上的瞬間，手偶斜向移動時的臉，看起來竟與躺在床上的琉璃子極為神似，這令羽仁男毛骨悚然。

「真教人同情。你現在很恨我對吧？」羽仁男說。

命売ります 196

「不，才沒這回事呢。我很感謝你。琉璃子命中註定難逃一死，但她死前能遇上你，算是很幸福了。」

玲子突然朝羽仁男的大腿用力擰了一把，羽仁男跳了起來，老翁也大吃一驚，跟著一躍而起。

「怎麼啦？別嚇我好不好。這樣會害我少活幾年呢。」老翁陰沉的抱怨道。

「不過，再也找不到像她那麼好的女人了。就像是在此夕陽晚照下散落的櫻花般。開朗、華麗、而且冰冷、無常……和她溫存過的男人，一輩子也忘不了，會想殺了她也是在所難免。這是可以理解的。去他的法律。我們每個人都背負著所有罪在過日子。況且又不是我下手殺了她。是天譴。她是因天譴而死。」

老翁的自言自語似乎會沒完沒了，於是羽仁男朝玲子使了個眼色，站起身。

「那我們告辭了。我不會打聽你的住處。我們的住處也沒告訴你的必要。保重。」

「請等一下。一下子就好。我有重要的事要告訴你。」老翁站起身，抓住羽仁男毛衣衣角。「你如果以為性命這東西可以出售，那你就錯了。你已經被盯上。有人正遠遠的監視你。等時候到了，你就會從這世上消失。你自己得多加留神啊。」

43

巧遇老翁後，不知為何，羽仁男總覺得有事懸心。

他之前從來不相信自己的行為會在某處畫圓，然後連接在一起。

他出售性命，是只能有一次的行為，就像把一束花丟進河裡一樣。不該把花束拾起，插在某個花瓶裡當裝飾。花束就應該隨波逐流，看是要沉入水中，還是漂向大海。

——那晚，玲子在房裡顯得特別情深意濃。

事後，她眼中洋溢著清澈的光芒。

「多虧有你，我也許能恢復正常。」玲子以深沉的聲音說道。

「為什麼？妳不是想把這裡當作歡樂的墓穴嗎？」

「是的，一開始確實是這樣。我渴求有願意買我性命的男人。但我對買家挑三揀四，這樣的我或許能遇上你，是我夢寐以求的事。」

「那些評論我的人，之所以覺得我唯一的優點就是有錢，或許因為我的確是『附家產的千金小姐』。要是我的對象不願意花錢買下我這個『附家產和一身病的千金小姐』，我才不

命売ります 198

依呢。如果只是出於同情，我絕不會接受。我不允許對方同情我，然後讓他在此白住，然後白白的和我同赴黃泉。」

「妳根本就沒病。」

「你這是在安慰我吧？」

「才不是呢。我只是實話實說。真無聊。」

「可是，當你知道自己也染病時，不知道會有多怨我，我好擔心。在那之前，要是我突然發瘋，此刻如此溫柔的你，不知會變得多冷淡，甚至還會棄我而去，這一切我都可以預見。只有現在，我才能享受『自己能變正常』的幻想。幻想自己或許能和你結婚、生子、過著快樂平凡的生活。我也只能趁現在了。不過，以前我從來沒想過這種事。」

接著玲子開始娓娓道出她的「粉紅色夢想」，那平凡無奇的幻想，令羽仁男大為震驚。玲子成了一位幸福、溫柔的妻子。還懷了一個孩子，雖然最後是剖腹產下，但母子均安，一個像璞玉般漂亮的男孩就此誕生。當然了，打從懷孕前，她就沒再碰海米那和ＬＳＤ了。

「為什麼是剖腹產？」羽仁男在一旁插話。

「因為我是高齡產婦，這樣的可能性比較高，不是嗎？」玲子若無其事的應道。

她歡樂的墓穴如今成了全新的家庭，這間茶室做了大幅改造。周遭的樹木被伐去，為了讓陽光能充分照進屋內，面南的開口加大，原本固定擺放一千零一夜限定本的地方，現在改放育兒百科。羽仁男像原本那樣，規矩的出門上班，家裡沒人時，就由狐狸狗看家。鬱鬱的庭院枯山水⑭設計全部拆除，在草皮上裝設鞦韆，草皮周遭是玲子精心栽種的花圃。夏日來臨時，她還為了孩子到百貨公司買「螞蟻之家」回來。

這項新產品是玲子最近在百貨公司發現，一直很想買給她夢寐以求的孩子。

它就像是塑膠製的小屏風，透明的部分塞滿了像白色粗沙般的東西，地上以綠色塑膠裝飾出農家、森林、山丘等景觀，綠色邊框的兩側有小洞，從那裡放幾隻工蟻進去後，牠們便會在外面可以透視的白土上往下挖洞，構築蟻穴。從外頭看，蟻穴一覽無遺。是可以充分滿足孩子好奇心和探究心的玩具。

「怎樣啊，寶寶，有趣嗎？」

「咿呀呀。」

「哎呀，已經五點了。得去張羅晚餐才行。」

「咿呀呀。」

「寶寶，你自己在圈圈裡玩哦。爸爸每天六點十五分回來，所以接下來媽媽要去作菜，趁鍋子煮沸冒泡這段時間，媽媽得趕緊化個妝，迎接爸爸返家。這樣你懂了嗎？要暫時自己一個人乖乖的哦。」

「咿呀呀。」

——玲子如此描繪她的未來生活願景，羽仁男靜靜聆聽，漸感不耐。這簡直就是蟑螂的生活！那些在報紙上攢動的無數蟑螂，牠們的真面目就像這樣！他就是為了躲避這些才選擇自殺，不是嗎？

若是再這樣下去，因為玲子的病只是她個人的幻想，所以和她夢想相同的生活將會在現實中展開。該如何逃脫才好？雖然不合理，但羽仁男現在有點想要相信玲子真的有病。她會描繪出這樣的幻想，本身就是有病的徵兆。

「不過，這全都是夢想。你是這麼健康（說來著實不可思議，常有女人這樣說羽仁男），所以連我也受到影響，產生這樣的念頭，不過我知道，反正我再過不久就會發瘋。」

⑭ 日本的一種庭園風格。採沒有水的庭院設計，沒有池塘，改以石頭和沙來呈現出山水的風景。

這次羽仁男也沒反對，沉默不語。

在這個小小的歡樂墓穴裡，就算深夜也不是完全與世隔絕。附近坡道轉角處鳴響的汽車喇叭聲，從宛如黏稠大海般的幽暗春夜裡，發出尖銳的聲響，就像飛躍而起的飛魚魚鰭所發出的閃光，在這難以入眠的夜，往彼方疲勞轟炸。無聊、無聊、無聊，有沒有什麼有趣的事？一千萬人只要碰面，就會以這句話代替問候的大都會。人生毫無意義，呈現出欲求不滿的龐大景象。熱情熄滅。一切的喜悅和歡樂，都像口香糖一樣，嚼著嚼著突然感到索然無味，最後只有吐向路旁，一點都不可靠。⋯⋯有人以為錢可以解決一切問題，因而盜用公款。公款這東西，全日本俯拾皆是，閃閃生光。它是存在於任何人都碰得到的地方，而且絕不能拿來用的錢。世上的一切就像公款一樣，只會誘惑你，要是你想伸手拿取，馬上便讓你成為罪犯，被這社會屏除在外。空有誘惑，始終無法令人滿足的大都會。像這種地獄，正露出森森利牙，埋伏在羽仁男與玲子歡樂的墓穴四周。

也許玲子是個比外表看起來更純潔、更膽怯的平凡女子，她只是為了保護自己，而發現這個複雜的方法罷了。

羽仁男正如此思忖時，在不知不覺間練就一身居家勤奮習性的玲子，披上睡袍，從床上起身。

「要不要喝杯睡前的小酒？」玲子說。

「好啊。來點甜的吧。有櫻桃甜酒對吧。」

「有，那我也喝這個吧。」

玲子取出利口酒杯，在角落的櫃子處倒酒，接著端著銀盤走來，上頭擺了裝有紅黑色美酒的酒杯。

「乾杯。」

玲子以溫柔的聲音說道，臉上泛著微笑，給人一種「從容赴義」之感。兩人舉杯互相輕觸後，移向唇邊。

這時，羽仁男發現玲子的手微微發顫，急忙一把搶下她的杯子，把酒灑向銀盤上。銀盤立即變黑。

羽仁男也將自己的酒杯湊向鼻端嗅聞後，同樣把酒灑向銀盤。銀盤連飛沫濺到的邊緣都為之變黑。

「妳為什麼要這麼做！」羽仁男搖晃玲子的肩膀怒吼道。

「因為我自己很清楚。我們現在一起共赴黃泉，才是最幸福的作法。」

玲子伏身號啕。

「我才不要呢。」

羽仁男差點就這麼喪命，心跳無比急促，從未有過這種感受，他盤起雙臂堅決的說道。

「窩囊！你來這裡，不就為了賣命嗎？為什麼現在才卻步。」

「這是兩回事。我不記得我什麼時候賣命給妳。再說了，我還付錢給妳呢，不是嗎？」

「說穿了，你就是不想和我一起死對吧？」

「不要講這種無聊的瘋話。妳自己才要有『賣命的女人』該有的樣子，得更乾脆一點。不管怎樣，我這條命都是我自己的。既然我想照自己的意思出售性命，那我就得做好心理準備後才出售。像這樣受人意志左右，糊裡糊塗的服毒而死，我才不要呢，我不是那種男人，妳可千萬別看走眼了！」

「說你不是那種男人？要不然你是哪種男人？」

經這樣反問後，羽仁男一時為之語塞。

44

有道理,經她這麼一說才想到,不是「那種男人」的我,到底是「哪種男人」,這問題連羽仁男自己也不清楚。剛才吹鬍子瞪眼說出的那番話,突然像氣球般飄然飛向空中。如果是以前的他,很難想像會說出剛才那番話。他自以為那番話講得合情合理,但細想之後,卻覺得有點古怪。箇中原因姑且不論,剛才他竟然說出類似「我就是不想死」這樣的話來。

難道他已背叛了自己?不論是出售性命,還是糊裡糊塗遭人殺害,結果應該一樣是死才對,雖然他大言不慚的說是要「照自己的意思決定」,但當初之所以開始從事「性命出售」這項生意,不就是因為自殺失敗,而想以被動的方式尋求死亡的機會和方法嗎?原本明明就不是為了賺錢才做這項生意,但委託人卻個個硬塞錢給他。……既然這樣,像玲子剛才的行徑那樣,在不知不覺間死在她手上,正是他夢寐以求的情況;為他安排這種死法的玲子,不正是溫柔、親切、充滿善意,最適合他的女人嗎?

反省的念頭在他腦中來回交錯,但他不願承認是恐懼的悸動仍在胸中喧鬧不已,羽仁男感覺到自己一直在虛張聲勢。

那天晚上的事就此落幕，但從那之後，他與玲子的關係頓時變得緊張。對於玲子提供的飲食，他都得存有戒心才行。

「這裡頭沒毒。我已經先試過了。」

雖然玲子開玩笑這麼說，但她也很小心提防羽仁男逃走。

玲子開這種玩笑時，眼中滿含毒意，她再也不說那些溫柔天真的話語，言談間開始帶有幾分輕蔑的口吻。

「您這麼愛惜性命的人，要是感冒可就糟了。」

「您可得要長命百歲才行啊。」

「我們真的來養一隻狐狸狗吧。因為光靠你一個人，我實在不放心。要是真有危險，你這位騎士恐怕會自顧自的逃命去呢。」

「連一天三餐都得這樣提心吊膽，真是辛苦你了。我乾脆在你的飯裡頭加些營養劑好了。」

不管羽仁男去哪兒，玲子都如影隨形，而玲子想去哪兒，也都一定會拉羽仁男跟在身旁。

玲子的服裝顯得比之前更加放浪，又開始濫服安眠藥。並陸續發明怪異的設計，她從燈籠得到靈感，作了一套活像是在身體四周套上燈籠般，圓滾滾的紙洋裝，並帶著羽仁男到豔舞酒吧跳舞，跳到酣暢之際，還放聲高喊「我是燈籠。裡頭滿是火。快撕破我！快撕破我。」

要其他年輕小夥子撕破她的燈籠，然後全身只穿一件連身襯裙，火熱狂舞。

當她矇矓忘我時，羽仁男本想看準機會逃脫，但玲子似乎直覺異常敏銳。

「你要去哪兒？」

玲子旋即擋在他面前。就算羽仁男上洗手間，她也守在門外。

玲子之前說過，她因為服藥的關係，有預知和預言的能力，此時她望著羽仁男的臉說道：「你打算今晚逃離我身邊。我不會放你走的。你為了方便隨時逃脫，把銀行存摺綁進肚圍裡，我就殺了你。你乖乖不逃，反而可以活久一點。如何？因為我已經瘋了。我之前都不知道，原來發瘋是這麼開心的事。早知如此，真應該早點發瘋的。」

她在豔舞的噪音中，邊跳舞邊大叫。

某天晚上，玲子突然喊肚疼，要求羽仁男陪他上廁所，不得已，羽仁男只好一起隨行，

結果引來其他女客一陣騷動，跑去向老闆告狀，羽仁男就此被老闆揪出店外。

這是最後的機會！

他頭也不回的衝向夜晚的市街。

他盡可能走彎曲複雜的路，走向別人意想不到的地方。由於他跑得又快又急，引來路人側目，而且在這鮮少有計程車的時刻，他連花時間和囉嗦的計程車司機交涉都怕，所以只能不停的往前走，不敢稍有停歇。

眼下的一分一秒都暗藏危機。

總之，他繞了不少遠路，混進錯綜複雜的屋舍間，在霓虹燈閃爍的小巷間穿梭，踩過老鼠的屍體，撥開拉扯他衣袖的流鶯，想前往能令他安心的地方。

走著走著，來到一處昏暗的三流住宅街，一片悄靜的房舍，在高架鐵路底下形成一處低矮屋簷相連的住宅區。河堤旁有一座垃圾山，路面不僅沒鋪柏油，在欠缺路燈的幽暗中還滿地都是施工後的碎石。

之前可能是因為只顧著趕路才沒發現，羽仁男以手帕擦拭汗水涔涔的額頭，略微放慢步伐，正準備轉進一旁的巷子時，突然聽見背後有人躡步而行的腳步聲。每當他開始走就傳來

45

他回身而望,不見人影,但每當他開始邁步,腳步聲便又悄悄跟在後頭。

他改變念頭心想,該不會是自己腳步聲的回音吧,他決定不再將這件事放在心上,但就在他即將來到光線較為明亮的市街時,他才發現之前一直挑暗處走,其實是想早點來到亮處下,而就在他加快腳步時,突然感到大腿一陣刺痛。

這種季節不可能會被蚊子叮。不過,疼痛旋即消失,所以他繼續往前走,終於來到明亮的大路,就此鬆了口氣。

當然了,每家店都已關門。亮晃晃的鈴蘭造型路燈,空虛的照耀著招牌和櫥窗,汽車喧鬧的來往交錯,一個極其平凡的市街。

羽仁男在馬路對面巷口處發現一個座燈式招牌,上頭以白字寫著:「住宿八百圓、休息三百圓。」

確認過四下無人後，他橫越馬路，再次環視四周後，走進巷弄裡。

這家名為惠光館的小旅館確實是一家愛情賓館，但不知道為何會在這種地方開設一間這樣的旅館。

玄關屋簷的掛燈光線昏黃，連模樣看來都很柔弱的飛蛾，圍繞在圓形的掛燈四周打轉。

打開玻璃門後，看不見櫃台，只有一張寫著「如果店內沒人，請按此鈴」的貼紙，底下有個出現裂痕的黃色鈴按鈕，羽仁男就此按下。

屋內靜靜傳來鈴聲。不久傳來有人絆倒，將東西撞落地面的聲響，有人叫了一聲「好痛」，接著是一串咳嗽聲，一名個頭嬌小的老太太走出。

「您好，要住宿是嗎？」她以眼白偏多的凶悍眼神望著羽仁男說道。

「是的，還有空房嗎？」

羽仁男心想，反正一定多的是空房，但基於禮貌還是這樣問道。

「好一點的房間已經都客滿了。現在明明景氣不好，但唯獨我們的生意特別興隆。我們雖然沒有冷氣等設施，但夏天一樣高朋滿座，因為我們位於較隱密的地方，所以客人方便進出。就跟當鋪一樣。」

命売ります　210

羽仁男聽她這麼說，直覺這裡是供人偷窺的旅館。如果堅持要她提供「好一點的房間」，她肯定會開出五千圓的高價，狠狠敲客人一筆，然後帶至有小孔可以偷窺的房間。就這方面來說，老太太的話術著實巧妙。儘管沒冷氣，夏天一樣客人絡繹不絕，這句話間接暗示了這家旅館的特別服務，此事不言可知。

但羽仁男就只是冷冷的回道「沒關係，給我差一點的房間就行了。一晚八百圓對吧。」

老太太聞言，突然就像把臉上的鐵門拉下一般，臉色一沉。接著領羽仁男來到二樓一處三張榻榻米大，活像貯物間的細長型房間，收下八百圓後，留下一句「棉被在櫃子裡，您要就寢時，請自行鋪床」，便走下樓梯，發出陣陣嘎吱聲。沒有要端茶招待的意思。

羽仁男已疲憊不堪，很想倒頭就睡，所以他想請老太太替他鋪床，但他心想，就算說了，也只是惹來一頓白眼，因而作罷。

宛如車子駛進屋裡般的響聲，撼動著這間細長型的小房間。那是都會夜晚的海潮聲。走廊對面有女人的尖叫聲。但緊接在尖叫聲之後，是像絲線般輕細的嘆息聲，所以羽仁男決定不予理會。空氣中微微傳來廁所的臭味。

天花板的背後應該是煙霧包圍的星空，一想到這裡，羽仁男便以手當枕，仰望那有一大

46

灘雨漬的天花板,感受天神的裝置。吊燈晶光燦然的大會議廳天花板背後,以及這種像老鼠窩似的旅館天花板背後,都有著同樣的壯闊星空。悲慘與孤獨,幸福與成功,在這片星空下完全相同。只要翻個面,不管身在何方,都一定能看到同樣的星空。因此,他無意義的人生也與這片星空緊緊相連。羽仁男也許是棲身於這處廉價旅館裡的「小王子」。

他一把拖出那又溼又冷的棉被,隨便往地上一鋪,他嫌麻煩,本想直接就這樣睡,但因為覺得很束縛,所以他粗魯的脫去長褲。這時,他感到腿上一陣刺痛。似乎有根小刺隔著長褲刺進他腿裡。他四處找尋那根刺,但始終遍尋不著。藉著燈光仔細查看後,發現有根斷折的尖刺鑽進皮膚裡,形成一顆黑點,雖沒出血,但感到隱隱作疼。

他想入睡,但輾轉難眠。玲子的臉浮現腦中,一面凝睇著他,一面把手指伸進「螞蟻之家」裡,抓起兩、三隻螞蟻,撒到他臉上,這個幻想不斷襲擾著他。不久,大腿漸感疼痛,似乎開始發燒,整條腿變得又燙又重,益發難以入眠。

命売ります 212

一早他便離開惠光館，拖著疼痛的腳，找尋清早就開店的藥房。開門的藥房態度冷淡，所以他沒讓對方看傷口，直接便買了軟膏和抗生素，到附近的咖啡廳自己動手抹藥。抹完後心情好轉些許。

他心想，這麼一來，也許得找家大飯店，裝模作樣的過生活，才能擺脫玲子的追蹤。他決定找個地方買些上好的成衣和旅行用手提包。那得先等銀行開門才行。

——到了近午時分，才抵達K飯店落腳。

眼前是間視野不錯的房間，他躺在鬆軟的雙人床上，想補償昨晚失眠的疲累。感覺腿部的疼痛已舒緩許多，他想在亮處換藥，於是便在窗邊的亮光下仔細檢查傷口。

那是五月某個美麗的下午。一片片雲朵悠閒的浮泛在高速道路上空，無數輛宛如火柴盒小汽車般的車輛，靜靜行駛在高速道路上。一切看起來都顯得明確而客觀。話說回來，他會覺得有人在跟蹤他，其實只是因為受玲子影響，而產生無謂的幻想罷了。

這時，某個記憶從腦中甦醒，緊緊束縛他的心靈。「玲子說她透過照片看過我的長相。我的臉部照片是從哪裡，透過什麼途徑散播出去的呢？」

不過，為這麼莫名其妙的事煩心，證明他怕死。倘若不怕死，心中應該就不會有不安的

種子。拒絕非出於自己所願的死法，與貪生怕死，應該不一樣吧。

在明亮寂靜的光芒下，羽仁男仔細檢查自己裸露的大腿。他拭去先前塗好的藥膏，定睛細看那半截斷刺。

雖說是刺，但它的形狀相當完整。它的黑也不是木質的黑，而是像一根鐵絲，那紡錘形的外觀，看起來比昨晚更厚。似乎扎得相當深，難怪會化膿。

他試著多方回想，但始終搞不清楚是在哪裡刺傷。之前曾為了躲避近逼的腳步聲，而靠向垃圾桶，難道是那時候被釘子刺傷？不，他確定是在行走時被尖刺刺傷，實在難以置信。他再仔細回想，發現自己被刺中時，彷彿聽到咻的一聲，像是羽箭劃破空氣的聲音。但那也許是自己的錯覺。

這時，羽仁男突然獨自笑了起來。

他這般愁眉苦臉，顯示他正深受不安的折磨。之前每天讓女吸血鬼吸他的血，他也沒因此感到一絲不安啊！

仔細想想，他已許久不曾有這種活著的感覺，也就是不安的感覺，幾乎都給忘了。這不就證明，羽仁男正在不知不覺間恢復原本的「生命力」嗎？

「要是傷口惡化就得看醫生。就這麼回事。」

他心裡這麼想,重新抹好藥,吞了抗生素藥錠後,舒服的進入夢鄉。

當他一覺醒來時,四周一片漆黑。他感到飢腸轆轆,本想到餐廳去,但想到要是被人發現那可不妙,他只好就此作罷。自己確實是在畏懼此什麼,但當他意識到自己來到人們面前,會很在乎別人的眼光時,他害怕心中的畏懼完全呈現。我不是出於畏懼,而是出於自己的意願,只要在房裡用餐就行了。不必顧慮任何人。我有的是錢。

他利用客房服務點了菲力牛排、華爾道夫沙拉⑮、一小瓶葡萄酒,當羽仁男看到服務生推著餐車走進房內時,他忍不住窺望服務生的表情。

這名服務生臉上有拼命擠青春痘所留下的痘疤,神色倨傲,身材高大,但沒有證據可以證明他沒與某個組織有掛勾。人們全都有自己所屬的組織,密謀殺害絕對孤獨的人。

餐點可口,葡萄酒甘醇,但羽仁男在這漫漫長夜裡看著電視,遲遲無法入睡,為此深感

---

⑭ 一八九三年於紐約華爾道夫飯店設計出的一款沙拉。典型的作法是以核桃、葡萄乾、蘋果、芹菜,加美奶滋攪拌而成。

困擾。全是先前那頓午覺害的。電視播畢後，他望著晶亮的灰色映像管，上頭突然浮現不知是琉璃子、玲子，還是吸血鬼夫人的臉，好像要和他說話一般，但螢幕映照的畫面，始終都像是閃亮沙漠的一隅。

到了半夜兩點，他這才打了個哈欠。

他緊抓住這個哈欠，決定上床睡覺，就此走向洗手間，這時，有人輕敲房門。

羽仁男一開始心想「咦，是客人上門嗎」，但不可能有客人到這裡來買他的命。首先，報紙廣告早就撤了，而且沒人知道他以假名投宿這家飯店。

那麼，會是誰呢？

對方再度敲門，這次聲音較為響亮。

羽仁男拿定主意，用力打開房門。

走廊上站著一名身穿風衣，頭戴軟帽的男子。

「您哪位？」羽仁男問。

「您是田中先生嗎？」男子問。聲音粗獷帶有磁性。

「不，我不是。」

命売ります　216

47

「這樣啊。抱歉。」

但對方的說話語調很單調，沒帶半點歉意。他就此轉身從走廊上離去，羽仁男目送他離去的背影，關上門，心跳愈來愈急。

「看他的問話方式，還有離去的模樣，絕不尋常。他們終於找到我了。明天再搬往別的飯店吧。」

他如此暗忖，把門鎖上，準備就寢，但已無法入眠。

腿的疼痛似乎已舒緩許多，但他總覺得剛才那名男子還在房外徘徊。先前出售性命時，明明天不怕地不怕，但現在就像抱著一隻貓睡覺般，那溫熱、毛茸茸的恐懼，緊緊揪住他胸口，還豎起了利爪。

隔天一早，羽仁男馬上辦理退房，拎著一只空皮箱，又躲進另一家大飯店的住房裡。因為不想到街上去，所以他整天都無所事事，靠看電視打發時間。因為缺乏運動，連帶

食欲欠佳。

夜幕漸深，飯店益發悄靜，不安愈來愈濃，不斷在心頭堆積。他想逃離這裡，但他很確定，就算逃出這裡，那來路不明的腳步聲又會緊跟在後。

這種等候某事發生的心情，同樣也是羽仁男已許久不曾體驗的感覺。在等候客戶前來買他性命那段時間，他一直在浪擲自己的時間與人生，所以任何事都不會令他煩心。但此刻，猶如等候戀人般，等候那來路不明的事物前來，這種心境使未來化為沉重的實體，讓他第一次有這樣的體會。

半夜兩點，走廊好似醫院裡通往停屍間的長廊。他打開一道小小的門縫，往前窺望，確認沒半個人影。只有後方的電梯前，一張紅色的皮椅在朦朧燈火的照耀下散發著光澤。

半夜兩點半，又有人敲門。羽仁男沒開門，對方又敲了一次。

羽仁男猶豫再三，最後還是選擇開門。

眼前這名男子和昨晚不同人，身穿條紋西裝，身材矮胖。

「您哪位？」

「您是上野先生嗎？」

「我不是。」

「抱歉。」

男子恭敬的低頭行了一禮,緩緩朝電梯走去。

羽仁男把門鎖好回到床上,心中忐忑。

這時,大腿又微微一陣痛楚遊走。羽仁男突然腦中靈光一閃。

「原來如此,可惡,原來是這麼回事。」

他在燈光下找尋傷口,急忙擦除上頭的藥膏,以手指抵向傷口,並以很勉強的姿勢把耳朵湊上。從那黝黑的斷刺處傳來若有似無的震動。有人朝他的大腿射進極細小的無線電收發機。這麼一來,任憑他逃到天涯海角,也能掌握他的行蹤。

他連忙用指甲想把刺摳出,但它深深嵌進肉裡,拔不出來。在他忙著拔刺時,逐漸恢復了理智。

「對了。現在硬拔也沒用。我住這裡的事,對方已經收到訊號,他們會前來查證。等明天早上我離開這家飯店,再把刺拔出,然後隱匿行蹤。拔完刺,得先去醫院一趟。與其請醫生拔刺,引來猜疑,不如自己拔,之後再請醫生治療,這樣才是明智之舉。」

48

拿定主意後,便睡得安穩了,到了隔天早上,他心想,早餐用的一般刀子不易劃開皮肉,所以特地點了一份他一點都不想吃的牛排,然後用火柴燒烤那把鋒利的切肉刀,拿它抵向自己大腿。

一刀刨下後,用力往外一挑,一條細細的鐵絲連同湧出的鮮血一同迸出。

醫生看了羽仁男的傷口後,微微皺眉。那是一位鼻梁看起來很冰涼,顯得自信十足的年輕外科醫生。

「這是什麼傷口啊?像是以刀子刨出的傷口。如果是和人鬥毆所造成,我們得先報警。」

「沒錯,是用刀子刨出的。但是我自己動的刀。」

「這又是為什麼?」

「我被生鏽的鐵釘刺傷。因為擔心會造成破傷風,所以就自己處理了。」

「外行人就是愛多慮。」

醫生沒再多問。他進行縫合準備,替羽仁男施打局部麻醉。打針很痛,但羽仁男想到自己現在待在這家小醫院的事,還沒被「他們」發現,就覺得無比心安。白牆、擺滿整排手術刀的櫥櫃、裝有消毒液的鋁盆,完全沒半點家庭的氣氛,但沒讓人知道自己此時的藏身處,讓他能毫無牽掛的好好歇息。

羽仁男闔上眼。他已感受不到疼痛,感覺就像醫生在縫合他身上穿的那條硬邦邦的皮褲一般。

──醫生命他一個禮拜後再來拆線,羽仁男此步出醫院,他心想,自己應該不會再到這家醫院來了。如果是拆線,隨便找一家外科醫院,他們都肯收吧。

在亮晃晃的日照下,羽仁男基於最近養成的習性,一面提防有人跟蹤,一面沿著屋簷走,來到轉角處總會特別小心留神。

接下來改到別的地方吧。

逃離東京是最好的辦法。說到動機,他再也沒必要欺騙自己,這明擺著是出自「對死的恐懼」。

麻醉退了之後，他拖著疼痛的腳，前往池袋，在Ｓ百貨公司裡四處逛賣場。夏天的紳士服、襯衫、冰箱、竹簾、圓扇、冷氣機，全都在迎接即將到來的夏天，眼下這個還沒進入梅雨季的時節已完全被晾在一旁。無數的商品，都在暗示著會買走他們的各個小家庭和小家族。一想到這裡，他便覺得快要喘不過氣來。為什麼人們這麼想活下去？沒暴露在死亡危險下的人們，卻想要活下去，這樣的情感不是很不自然嗎？想要活下去，而不會讓人覺得難以置信的，應該只有像他這樣的人才對。

他坐上西武線，漫無目的，望著郊外的原野景致發呆。他覺得車上的乘客全都知道他，卻又裝不認識，心裡感到陰森可怕。不論是手拉吊環，一副像是全學連一員的大學生；站在他身旁，身穿制服，充滿日本古典美的女學生；還是體格四四方方，很像是以前軍中士官的中年男子，他們偷瞄羽仁男的眼神，感覺就像是站在派出所前看通緝中的殺人犯照片。

「那個男人就在這裡。我先暫且裝不知道，等到了下一站下車，就跟站務人員通報。」

他們彷彿從羽仁男的臉上發現社會公敵的影子。

五月溫熱的空氣，與車內人們的體味摻和在一起，令羽仁男感受到睽違許久的「社會生活」，一股令人難以忍受的氣味。他確實很想活下去。但曾經脫離過這個社會的人，有勇氣再度走入那薰人的惡臭中嗎？這社會因為每個人都沒發現自己身上的氣味，才能順利的營運。大學生整整一個禮拜沒洗的襪子臭味、女學生甜膩的腋下氣味，以及帶有厭世意謂，特色鮮明強烈的「處女氣味」、中年男子那宛如黝黑煙囪般的氣味⋯⋯每個人竟然都毫無顧忌的散發自己的氣味。羽仁男試著將自己想像成是無味無臭的人，但他沒什麼自信。

他買的車票是坐到終點站飯能，所以他能隨心所欲，愛在哪站下車都行，但他突然在意起是否會有人跟蹤，心想，如果突然在某一站裝出要下車的樣子，或許有人也會急急忙忙跟在後面下車，於是他趁即將發車時，衝向車門。

他並沒下車，而是突然停住，一名留著鬍子，活像狐狸的清瘦男子，原本神色匆忙想和他一起下車，但羽仁男突然停住，他也就此下不了車，車門硬是在他面前闔上。一直到下一站為止，男子始終都瞪著羽仁男瞧，令他有點難受，但對方挑明著以敵意瞪視，這樣他反而輕鬆許多。

在飯能下車後，一起下車的乘客盡皆散去，羽仁男鬆了口氣，來到空蕩的站前廣場。一張大大的健行路線地圖映入眼中，但此時的他已形疲神困，不想再走。

站前有家外觀寒磣的旅館，羽仁男站在玄關處，對方見他服裝整齊，旋即招呼他進門。飯能是一處平坦、充滿散文氣息的市街。藍天靜靜的轉換色調，成了黃昏景致。這時，他發現有隻蜘蛛從屋簷垂降而下。

在二樓房裡，羽仁男打開壁龕旁的圓窗，一直靜靜望著天空，直到夕陽西下。

蜘蛛的絲線在夕陽光影下閃耀光芒，一路垂吊至羽仁男面前。

那是隻小蜘蛛，連輪廓都看不清楚，宛如由黑色的毛線屑揉成，垂吊在像是尼龍線般的絲線前端。羽仁男即便不想看，牠還是映入眼中。這時，蜘蛛就像在對他說「我接下來要表演馬戲特技」，開始以身體擺蕩，像鐘擺般搖晃絲線。

「別在我面前做這種奇怪動作。」

羽仁男茫然的思忖著。不久，鐘擺的振幅愈來愈大，蜘蛛也逐漸變大。正當他心想，蜘蛛的形狀變了，旋即化為一把銳利的斧頭，蜘蛛絲也化為閃著銀光的粗繩，斧頭發出劃破空氣的聲響，斧刃白光閃亮，朝他臉部襲來。

50

羽仁男伸手掩面，仰倒在榻榻米上。當他回過神來時，圓窗上已不見那隻蜘蛛，只見新月正掛在圓窗中央。也許是新月的形狀看起來像斧頭的緣故。

「難道我頭腦已經不正常了？」

這念頭剛從腦中掠過，他旋即想到玲子的病，不禁為之戰慄。

然而，之後什麼事也沒發生。

羽仁男想了解自己此時所居住的環境，因而到外頭散步，但這市街根本沒半點看頭。做泡澡桶的店、糖果屋，面向規劃得整齊劃一的寬廣道路，往外挺出深長的屋簷，而四周為木柵欄包圍，沒半點風情可言的住宅，同樣一間接著一間，沒完沒了。感覺像是一群沒幹勁的人所住的市街，但這樣反而令他安心不少。

某天傍晚，他在某個行人稀少的地方散步，當他從道路走向一處像馬鞍般高高隆起的小平交道時，突然一輛卡車越過平交道疾衝而來。

它通過平交道上時，看起來無比巨大，令人震懾。羽仁男心存敬畏的望著它，在四周塵埃密布的晚霞輪廓襯托下，卡車一時之間恍如化為一個巨大的蠻族頭盔。

卡車越過平交道，經過一個彈跳後，筆直的朝站在空蕩道路上的羽仁男直逼而來，羽仁男就像身處惡夢，急忙往一旁躍開。他逃往道路的另一側，卡車也跟著他衝來。這一帶沒有商店可以讓他衝進去求救，只有樹籬和簡陋的木板牆一路綿延。他往左逃，卡車就跟著往左，他往右逃，卡車就跟著往右，就像有一半出於好玩，展開獵人遊戲般，卡車緊追在後。

羽仁男沒空細看車牌號碼，便逃進小巷弄裡，他心想，這樣卡車總進不來了吧，結果卡車竟放慢速度，緩緩駛進。

擋風玻璃猶如貼著夕陽景致般，微微映照著雲朵，看不出司機的臉。

羽仁男後方只有一扇緊閉的老舊石柱門。卡車已緩緩逼近，來到只剩咫尺之遙，接著突然倒車，像一塊黑鐵怒濤退潮般，從小巷弄裡退去。

強烈的悸動持續了半晌，羽仁男就此癱坐在地。之前與吸血鬼夫人一起散步時，那種因貧血而昏倒的感覺，是一種言語難以形容的痛快喪失感，但此時的恐懼，卻是他有生以來未曾體驗過的感覺。

命売ります　226

羽仁男不想回旅館,吃那難以下嚥的晚餐。飯能已非他能安心棲身之所。

目送那輛卡車遠去後,羽仁男心想,至少該先回到光線明亮的商店街,就此來到那滿是塵埃、井然有序的市街上,但四周滿是行人,活像是突然湧出似的,反倒令人感到可怕。

這裡雖說是商店街,但有的也只是市街外郊老舊又沒半點生氣的店家,在塵埃密布的櫥窗裡雜亂的堆放運動鞋販售。就像是從收容所成批的死者那裡蒐集來的鞋子般,有的是將鞋子的橡膠鞋底貼向玻璃,有的則是邋遢的垂放著鞋帶,有的則是被整個壓扁,層層堆疊。

儘管如此,這市街還是不約而同的亮起路燈,明亮的蔬果店和魚店前聚滿了人潮。

羽仁男聽見像蜜蜂般懷念的嗡嗡聲。它帶有音樂般的溫暖,並暗藏著一絲難以言喻的鄉愁。

聲音的來源是一家小型的木工店,半開的門內可以看見明亮的木屑顏色,以及圓形的電鋸發出的亮光。木板門上寫著「小盒子、書箱,任君指定,木工現做」。

羽仁男記下這家店,走了一會兒,發現一家鐘錶行。它同樣也是完全不跟流行走,彷彿

生活在舊時代裡，於是羽仁男心情輕鬆的走進店內。

「我要買錶。」

「是，我們是鐘錶行，所以只賣鐘錶。您要什麼樣的錶？」

有著白胖臉蛋的老闆娘出來接待，如此詢問。

「請給我一支馬錶，盡可能聲音大一點。」

「不知道有沒有這種馬錶耶。」

羽仁男最後買了一支廠牌從沒聽過，而且樣式老舊，感覺很像明治時代運動會使用的馬錶。按下錶冠後，秒針如實的發出像在提醒人似的聲響。

他拿著那支馬錶，回到剛才路過的那家木工店。

「不好意思，我想買個小盒子，可以馬上就做好嗎？」

「我現在剛好有空，沒問題。」

一名年近半百，身材清瘦，十足工匠模樣的老闆，也沒看他，逕自這般應道。

「請幫我做一個用來裝這支馬錶的木盒。」

「哦，這個是嗎？你是要把它裝進木盒裡送人嗎？鐘錶店好像也賣那種木盒呢。」

命売ります 228

「不,我要的木盒比較特別一點。感覺不出裡頭放的是馬錶,而且要略微大些,請盡可能做得簡陋一點。還要把錶盤和其他部分全隱藏起來。」

「這樣還有錶的功能嗎?」

「請別問我理由,照我的吩咐去作就行了。只讓錶冠從洞口露出,其他部位則是完全封閉,外頭塗上黑漆。」

「看不到錶也沒關係對吧。」

「沒關係。只要聽得到聲音就行了。」羽仁男冷靜又有耐性的加以說明。

馬錶就此固定在毫無設計感可言的木盒裡,只有錶冠從小小的洞口露出。不久,木盒粗糙的木紋被黑漆毫不客氣的塗去。從外觀上完全看不出這是什麼,但一按下錶冠,便會清楚的透過木盒傳來滴答滴答的聲響。

「這樣就行了。我終於有了自衛武器。」羽仁男在心中低語。

——要將它放進外衣口袋裡,略嫌大了點。但羽仁男總是隨身帶著它,只要有它在,便感覺安心不少。一按下錶冠,馬錶便會在口袋裡誇張的發出秒針移動的聲音。

「我那麼小心提防,來到這麼平凡無奇的鄉下地方,還是被他們給盯上,既然這樣,不

管去哪兒都一樣。」羽仁男已下定決心。

雖然心中的恐懼並未消失,但倒也平安無事的過了一段時日。而先前蜘蛛那類的幻想,後來沒再出現過,他對此頗為心安。

每天早上醒來,發現自己還活著,他都覺得難以置信。

能登車站前常有健行客路過,外國來的健行客則相當罕見。

某天,羽仁男到車站買菸時,一名年近五旬、舉止優雅的白髮洋人,戴著一頂綠色窄邊登山帽,身穿格子花紋的燈籠褲,恭敬的摘下帽子向羽仁男問路。

「請問一下,羅漢山怎麼走?」

「哦,羅漢山是吧。你走過商工會議所前面後,往右轉,到了警局後左轉,走到公會堂之後,就在它後方。」

羽仁男已經能像當地居民一樣回答。

「這樣啊。謝謝您。不好意思,您要是能帶我到那附近,我會很感激您的。至少希望能帶我到我認得的地方。我對地理一竅不通。拜託您幫個忙。」

羽仁男正巧無事可做,於是他心想,這名紳士看起來人品不錯,替他帶路倒是無妨。那

命売ります 230

52

洋人仰望天空說道「真是好元氣啊」,羽仁男向他糾正道「你應該是想說天氣吧?」羽仁男甚至展現這樣的親切態度。

商工會議所旁剛好形成遮陰處,停了兩、三輛車。當中有一輛是黑色進口車,擦得光可鑑人,美得眩目。

「這輛車真不錯。」

洋人像要摸那輛車似的,行經車身旁,神色自若的打開車門,羽仁男一時懷疑起自己眼花。

「上車吧。」

洋人像在低聲喝斥般,如此命令道。手中握著一把手槍。

雙手受縛的羽仁男旋即被戴上墨鏡,車子就此駛離。

那是一副帥氣的墨鏡,兩側有三角形的鏡窗,就算往兩旁斜視,要看景物還是得透過遮

光玻璃。這麼一來，便無法看到外頭的情形。外觀看起來是墨鏡，但其實背面塗上水銀，換言之，羽仁男現在眼睛看不見外面。可能是為了不讓他知道目的地。

車子是由那名頭戴窄邊登山帽的英國人駕駛。不過車內並非只有他和羽仁男兩人。羽仁男一被推進車內後座，就有一名男子起身迅速替他戴上墨鏡，而且以槍口抵向羽仁男側腹，坐在他身旁。於是羽仁男根本無暇注意此人是何長相。

三人不發一語，車子靜靜行駛。羽仁男心想，我會在哪裡被他們殺害呢？但傳入耳中的，淨是車上廣播傳出的輕快爵士樂，令他很難把這件事想得過於嚴重。

當初他刊登「性命出售」的廣告時，便已選擇這種橫死的命運，所以這也是沒辦法的事。這種處之泰然的想法，像濃烈的胃酸般燒灼他的胸口，先前四處逃命時感受到的死亡恐懼，突然全飛到九霄雲外，令他頗感詫異。

之前對死亡的恐懼，到底是什麼呢？之前感覺死亡緊迫在後的那段時間，就算極力不去正視它，恐懼還是主動浮現眼前，就像一座矗立在地平線上，黝黑又巨大的神祕煙囪，巍然而立。但現在那座煙囪已消失得無影無蹤。

在飯能的一家外科醫院拆完線後，已不再感到疼痛的大腿一帶，仍留有當時的恐怖記

命売ります　232

憶。對人類來說，最可怕的果然還是不確定的事，一旦想通「原來是這麼回事」，恐懼似乎就會馬上被沖淡。

身旁的男子可能是想確認他手銬是否鎖好，多次神經兮兮的碰觸羽仁男的手，從他碰觸的部位感覺到毛茸茸的體毛，很像是外國人的手，隔著衣服，也嗅得到一股甜膩的體臭，如同摻雜了韭菜和瓦斯的氣味，這令羽仁男更加確定他是個洋人。

車子多次左轉，何時駛離柏油路，穿越幾個平交道，起初羽仁男都很冷靜的細數，但過沒多久，他便發現自己的努力只是徒勞無功。如果只是短短的車程，多少還猜得出對方的目的地，但他們開了兩個多小時的路，這當中有不少柏油路，從這點來看，似乎不是打算將他帶到深山幽谷射殺後再推落谷裡，也許是要前往東京。

不久，車子駛進一條凹凸不平的道路，一陣搖烈搖晃，而且正在爬一處陡坡。已開始起風，可以感覺到四周已是昏黃暮色。

車子終於停下，這時，羽仁男心中反而興起一陣不安，覺得自己就算會被殺害，恐怕也還得再等上一陣子。羽仁男被帶下車，走在沙石路上，他知道自己正走進一棟洋房。之所以知道這是洋房，是因為腳底清楚傳來踩在地毯上的觸感。

53

……羽仁男此時人在地下室。空蕩蕩的冰冷水泥地上，擺了幾張椅子以及簡陋的桌子。

他坐在其中一張椅子上，雙手受縛，擺在前方，墨鏡已被摘下。

房裡連同剛才同車的那兩名男子在內，一共有六名男子。他認得當中的四人。有三人是之前以金龜子製藥作實驗的洋人，年近半百的亨利今天沒帶那隻臘腸狗。還有一位第三國人，頭戴貝雷帽的中年男子，羽仁男就算想忘也忘不了，他是包養琉璃子的那名情夫，腋下還夾著一本大素描本，和當時一模一樣。

這名頭戴貝雷帽的滑稽中年男子，朝羽仁男遞了根菸，親切的為他點火，坐向他身邊。

其他五人則是各自在自己的座位上時坐，一直靜靜注視著羽仁男，而與他同車的那兩名男子，則是槍口對準羽仁男，隨時準備開槍。

「那麼，我就開始訊問吧。」

第三國人以緊迫盯人，而又莫名溫柔的聲音說道，他的聲音形成回音。

「首先，你要是能承認自己是警方的人就好了。」

這句晴天霹靂的話，令羽仁男大為驚詫。

「為什麼我會是警方的人？」

「你再怎麼狡辯也沒用。你接下來慢慢就會說出自己是警方的人了。之前為什麼一直沒收拾你，讓你在外頭逍遙這麼久，今天在此說個明白，是最快讓你招認的方法，所以我這就講給你聽。我向來都喜歡用溝通、和平的方法，至於殺人，則都是派別人去做。

「第一次看到你在報上刊出『性命出售』的廣告時，我就覺得可疑，於是派我底下一名老頭去找你。

「我這就讓你們見面。他也很想見你。唔，進來吧。」

第三國人雙手一拍，掌聲如雷。

從羽仁男剛才被帶進的那扇門對面，走出那名老翁。他眨了眨眼，遠遠便傳來嘶嘶的聲音，以眼神向羽仁男致意。

「不好意思。」

一聽他這麼說，那位中年的第三國人道：「你不必多話。今晚我很期待能以羽仁男老弟

的死狀做素描，所以我帶來了素描本。為了想畫你各種姿勢的素描，拜託你要以各種姿勢努力扭曲掙扎之後再死。

「這樣你比較明白了吧？」

「說到我為什麼會注意到那則廣告，是因為我知道警方正暗中追查我們這個組織。但始終掌握不到線索。只要刊出那樣的廣告，派出像你這種不怕死的情報員，肯定就能查探出什麼祕密，警方會這麼想也是很理所當然的事。所以我才特別注意那則廣告。

「之後我讓你和琉璃子見面。琉璃子已經知道太多組織裡的祕密。若再這樣下去，不知道她會對別人說出多少關於ACS的事。所以我原本就預定要殺了她。在殺她之前，讓她和你見面，然後再下手。因為我料想，只要那麼做，你一定就會馬上和警方聯絡。

「但你真的很聰明！聰明得驚人！你的小心謹慎令我驚訝。本以為讓你活著離開琉璃子的公寓，一定就能掌握你取得情報的方法以及向警方報告的方式。當然了，我還偷偷留下你的大頭照。」

「這本素描本同時是一台相機。你看。」

第三國人出示素描本的封面。SKETCH・BOOK裡的兩個O，設計成一雙眼睛，一隻眼

圓睜，一隻眼眨眼送秋波，那隻圓睜的眼睛裡有鏡頭。經這麼一提才發現，封面確實頗厚。

「你與老鼠玩偶一起晚餐時，我看準事有蹊蹺，但事後調查，老鼠玩偶裡並沒有暗藏無線電發送器。

「你裝作毫不知情，完全沒跟警方聯絡。

「你始終都沒被人逮到狐狸尾巴，實在很聰明，令我大為驚訝。

「於是我又派出另一個女人。她也是組織裡的女人。想藉此把你引來，讓你吐實說出真相。但那老處女似乎迷上了你。竟然代你而死。

「處理屍體是件麻煩事，但如果是自殺就好辦多了。於是我和這位亨利先生討論後，又放了你一馬，讓你繼續在外頭逍遙一陣子。

「我早晚都得殺了你，但只要拿你當誘餌，應該可以多逮到幾名警方派出的間諜才對。

「可是你真的很聰明，始終沒露出破綻。

「不久，你勾搭上那名女吸血鬼。我們開始認為，你也許真的只是個一心尋死的怪人，之前的懷疑是我們自己多慮了。我們就此興起很蠢的念頭，希望你能早點被那個女吸血鬼吸乾，就此喪命。這麼一來就萬事太平了」

「但事情沒那麼順利。」

「那是你拼了命設下的障眼法對吧。你真是位優秀的間諜啊。」

「之後你做了些什麼，我一清二楚。你巧妙的假裝自己腦貧血，就此住院，在住院時趁我們放心而疏於監視時，幹起你的老本行來。」

「不，那是……」羽仁男急忙反駁。

「你辯解也沒用。因為ACS與B國素有聯絡。B國自從發生那起紅蘿蔔密碼事件後，便把你的名字列進日本警方間諜的名單裡。」

「你在那種地方幹你的老本行，真是失策啊。你的真實身分就此完全曝光，露出了馬腳。你這個大傻瓜！」

第三國人溫柔的笑著，將削尖的筆尖刺向羽仁男咽喉。

「之後，為了查探你同伴們的活動，我們認為馬上抓住你，讓你供出一切後再殺了你，是最好的做法。」

「但我們一時安心鬆懈，就此失去你的行蹤，害我們一陣心慌。我是說真的。我們好慌啊。要是就這樣放著不管，我們可就危險了。我真的是這麼想。

命売ります 238

「所以我手中握有你的照片,並複製了許多張。反正你一定常在新宿那一帶的老巢遊蕩。於是我將照片發給我們組織底端那些賣ＬＳＤ的人,讓他們去找尋。

「他們向許多放浪女打聽──這個人是刊登『性命出售』廣告的怪人。妳認識他嗎?但始終查無所獲。你雖然四處拈花惹草,卻很謹慎小心,那些女人都不知道你的住處在哪兒,而且你後來還搬離那處公寓。

「東京有一千萬人口,還真教人束手無策呢。

「一個知道ACS祕密,像跳蚤一樣的男人,就躲在這千萬人口中,實在不知道該如何揪出你來。

「不過羽仁男老弟,這世界果然是有老天爺的存在。老天爺絕不會棄我於不顧。

「老天爺喜歡看人類組成祕密組織,為了這樣的組織,祂會鼎力相助。

「因為ACS是源自於洪幫,所以洪幫的神這次也助我們一臂之力。也就是鴻鈞老祖。

「你知道嗎?

「當初長毛賊作亂時,前往淮揚討伐賊軍的曾國藩部隊中,有名林姓軍官。此人不善打仗。他率領數千名士兵上戰場,但屢戰屢敗,引來曾國藩震怒,論罪問斬。

「林氏得知後大驚，與十八名部下一起逃脫，拼了命的逃。他們馬不停蹄，然後某天深夜，他們發現一座古廟，就此在廟裡借住一宿。不久，感覺廟門外無比喧鬧，傳來大批人湧近的聲音。他們心想，大事不妙，每個人紛紛拿起武器備戰，結果發現來的不是追兵，而是附近的村民。

「村民說：『剛才村裡突然發出巨大的聲響，我們走出屋外一看，發現有條巨大的火龍在空中翻騰，牠渾身紅光，將四周照得亮如白晝，然後就此落入廟中。我們猜想，一定是有貴人在此廟中投宿，因而特地前來拜見。』

「林氏鬆了口氣，詢問村名後，大為吃驚，原來此地名叫寒村，與他之前逃脫的軍營相隔有六、七百里遠。他們不過才跑了數小時之久，有可能逃到這麼遠的地方來嗎？

「這一切全是神明相助，林氏望向這座廟的匾額，上頭寫著『鴻鈞廟』。

「這麼說來，應該是鴻鈞老祖出手幫助他們，於是隔天，林氏備齊香燭紙帛、三牲、水酒，在神前酬謝。

「日後他們全成了義賊，劫富濟貧。這就是洪幫的起源。

「有點離題了，不過，就是因為這個緣故，我也向神明祈禱。

「結果,這個老頭在公園巧遇了你。一樣穿著整齊的那名老翁,恭敬的低頭行了一禮後,望向羽仁男,一臉歉疚。

「原來如此,這麼一來我明白是怎麼回事了。不過,我和警方一點關係也沒有。你們實在太迷信了,以為所有人都隸屬於某個組織。我不知道什麼洪不洪幫的,不過,得打破這樣的迷信才行。這世上也有追求自由,不屬於任何組織的人。自由而生,自由而死。」

「趁你還能說話,愛怎麼說就怎麼說吧。不過,沒想到日本警方的間諜也會講這種好聽話。看得出現在警方的教育進步不少。」

「我的話還沒說完呢。」

「射進你大腿的無線電收發機被你取出後,又讓你給溜了,我們傷透腦筋。」

「你真的很會逃。嘴巴上說你要出售性命,但我從沒見過比你更貪生怕死的人。不過,一切也都到今夜為止了。」

「你逃到飯能後,知道我們是怎麼查出你的下落嗎?」

54

「我蒐集日本全國的旅館資訊，經營一家旅行社。替旅館介紹客人。以蒐集房客的情報作交換。我這家旅行社待客親切，而且服務周到，頗獲好評，旅館對我們也很滿意。要是有什麼古怪的客人在旅館裡長住，我們馬上就會接獲通報。

「我們仔細調查各地旅館。查探有無單身、和你差不多年紀、在旅館裡長住的房客。

「我們逐漸縮小可能範圍，後來猜測你可能是在飯能的車站前，果然被我們猜中了。真是走運。只要逮到像你這樣的間諜，逼你供出一切後殺了你，大家都可以獲得組織的獎賞。所以大家都全力投入此事。在場的這幾位洋人，也全都很愛財。

「那我問你，像你這樣調查 ACS 的警方情報員，共有幾個人？藏身在何處？從事何種活動？用什麼聯絡方式？」

羽仁男想到口袋裡的黑色木盒，把希望全寄託在那名老翁一臉歉疚的表情上。

「原來如此……原來是這麼回事。」羽仁男獨自點頭低語。「這麼說來，接下來你想對

命売ります　242

我進行拷問對吧。」

「沒錯。接下來我會慢慢進行素描，和之前你和琉璃子上床時所畫的素描擺在一起，在我們的同伴間辦一場個人畫展。就藝術性來說，這會是一場很有氣氛的個人畫展。因為一個人降生在這世上，與人相戀，然後走上死亡，這是很理所當然的事。」

「要是在你拷問我之前，我先自殺的話，你怎麼辦？」

「不，我會把你們全都拉來當墊背。」

「你想咬舌自盡嗎？」

羽仁男將受縛的手伸進外衣口袋裡，握住那只黑色木盒，按下錶冠。清楚的發出卡嚓卡嚓的聲響。

「那是什麼？」

「聽到時鐘的聲音了嗎？」

察覺氣氛有異，洋人們紛紛從椅子上站起身。

「就算開槍射我也沒用哦。因為在你開槍的瞬間，我按下這個按鈕就會引爆，包含我在內，在場的每個人也都會被炸得粉身碎骨。」

「你不要命了嗎？」

「你聽好了。我可是刊登『性命出售』廣告的人啊。要是拿我和那些沒膽識的普通間諜相提並論，那可太委屈我了。

「我已事先將定時炸彈調整為八分鐘後引爆。不過，只要我按下按鈕，隨時都可以爆炸。像這麼大的房間，很輕易就能炸飛。」

眾人皆直挺挺的站著，微微後退。

「要秀給你們看一下嗎？」

羽仁男取出那充滿不祥之氣的小黑盒。這是個重大的賭注。小木盒持續發出牢靠的卡嚓卡嚓聲。

「喂，等一下！你真的不想活了嗎？」

「現在是什麼情形？反正我免不了會受一頓嚴刑拷打，然後就此喪命。這還不都一樣。」

「不⋯⋯不，你等一下。你還有其他活命的辦法。」

「是什麼？快說。只剩七分鐘了。」

命売ります　244

「我可以讓你成為我們的夥伴。報酬的事好談,我可以開高價給你。不過,只要你願意守住這個祕密,你想要什麼都行,地位、奢侈品、女人,什麼都能給你。羽仁男老弟。」

「不要叫得這麼親暱。」

「我才不想加入你們這種齷齪的組織呢。我沒有道德感,所以不管你們做什麼,我都不會怪罪。管你們是要殺人,還是要走私黃金、毒品、槍械,都和我沒關係。只不過,你們只要一看到人,就認定對方隸屬於某個組織,我想打破這種迷信。也有很多人不是像你們所想的那樣。這點你們當然也承認對吧。你們得知道,世上也有不屬於任何組織,而且不怕死的男人。這樣的人少之又少。雖然少,但肯定存在。」

「我不怕死。我的性命是商品。不管對方要怎樣用我這條命,我都不會有意見。只不過,讓人用強迫的手段殺害,我實在嚥不下這口氣,所以我想自殺。把你們全部拉進來當墊背。還剩五分鐘。」

「等一下。那我買你的性命吧。」

「如果我不賣呢。」

羽仁男朝那名老翁望了一眼,舉起黑木盒。

老翁果然馬上做出反應。他朝門口奔去，一把推開房門。

「大家快逃吧。眼下把這個男人獨自關在這裡，應該是最令人放心的做法。來，先逃再說吧。之後不管這個男人是不是要自爆，都隨他去吧。再不快逃的話……」

「還剩四分鐘。」

羽仁男說完後，再度緩緩坐向椅子，將黑木盒擱在身旁的桌上。一隻手仍謹慎小心的擺在上頭。

「你們要是全跑光了，我也不會馬上按下這個按鈕。還有四分鐘，我會等時間到了之後，引爆自盡。我要獨自一人利用這四分鐘的時間，仔細回想自己的人生。你們要是不盡可能逃遠一點，小心受傷哦。不過，只有三、四分鐘，能跑多遠呢？」

羽仁男目送他們離去後，不慌不忙的起身把門關上，走向另一扇門，確認門沒鎖後，微微打開一道門縫，擠身門內，全力衝上樓梯，使足了勁往前跑。

其中一人腳下一滑，差點跌向地面，就這樣成為眾人行動的契機，他們不約而同的從老翁打開的房門飛奔而出。

命売ります 246

他有自信，那班人還不至於明目張膽的從後頭亂開槍。

他斜向穿過庭院的樹叢，張腳一跨，一口氣便翻過了圍牆，順著底下的山崖沒命的往下滑。

這時，成群的燈火從他眼角掠過，儘管四周一片漆黑，但看得出市街就在山崖底下。這棟房子並非位於與世隔絕的深山中。

他渾身是傷的在市街裡奔跑。

「救命啊！請問派出所在哪裡？」他吶喊道。

他雙手受縛，跑起路來踉蹌欲倒。差點被他撞到的路人，急忙往旁邊讓開，個個表情冷漠。最後好不容易才有個聲音告訴他：「派出所在前面右轉的地方。」

羽仁男癱倒在派出所地板上，上氣不接下氣，半晌說不出話來。中年的巡警嚇了一跳，不慌不忙的問道：「你從哪兒來的？咦，你雙手被人綁住。啊，還受傷呢。」

「這⋯⋯是哪裡？」

「這裡是青梅市。」巡警如此應道，仍沒停下手邊的工作。

「要喝水是吧。等一下哦。」

「請……請給我杯水。」

巡警的手依舊沒停下，不斷翻閱帳簿。過了好一會兒，他終於擱下那支老舊的鋼筆，細心的套上筆蓋後站起身，往羽仁男瞄了一眼後，前往倒水。世上再也沒有這麼好喝的東西了。

羽仁男雙手端著那杯映有燈光的水，一飲而盡。

巡警頻頻往羽仁男受縛的雙手打量。看他此時的態度，彷彿是擔心替他解開雙手的繩索後，不知他會做出什麼事來，所以決定先觀察一陣子。此時的羽仁男尚留有些許理智，所以他沒央求巡警替他解開繩索。只要事後再告訴其他刑警這名巡警是何等怠慢就行了。

羽仁男才剛這麼想，那名巡警便突然以架勢十足的動作替他解開繩索，羽仁男這才發現是自己多慮了。

「到底是怎麼回事？」巡警詢問的口吻，就像在對自己深夜返家的兒子興師問罪般。

「我差點被人殺了。」

「嗯，差點被人殺了，差點被人殺了……」

命売ります 248

巡警似乎覺得很麻煩，取下鋼筆筆蓋，從抽屜裡取出再生紙，開始做記錄。動作慢得驚人。

大致問完話後，羽仁男見巡警對他的回答始終顯得不痛不癢，心裡很不服氣，好不容易見他拿起電話向總局報告，這才鬆了口氣。剛才羽仁男滑落山崖時，小腿撞到某個東西，現在漸感疼痛。他伸手探向長褲底下，發現上頭沾有像膠水般的鮮血。

總局很晚才派人來。這段時間，巡警請他喝茶抽菸，始終沒認真聽羽仁男說話，就只是一味談自己兒子的事。

「我兒子就讀N大。說起來，他沒加入全學連就該謝天謝地了，不過他每天晚上都不看書，找朋友到家裡，也淨是打麻將，眞教人拿他沒轍。我老婆對他說，『既然你這麼不求上進，乾脆戴上頭盔，揮舞著棍棒，去和人逞凶鬥狠算了。』我兒子聽了之後，毫不在乎的出言恐嚇道，『哦，是嗎，妳眞的要這樣？媽，既然妳都這麼說了，那我從明天起就這麼做。』我老婆馬上不敢再吭聲。最近我兒子完全把我們壓得死死的。不過，想到我們把孩子送進了大學，算是盡了為人父母的責任，心裡就覺得舒坦許多。」

不久，一輛腳踏車的車燈緩緩靠近，來了一名年輕巡警。

「就是他。」派出所的巡警做了一番簡單的介紹。

「哦，那我帶他走囉。」年輕的巡警語氣粗魯的說道。

年輕巡警拉著腳踏車，始終沒搭理羽仁男，所以夜裡在橫越商店街時，羽仁男拖著自己提防四周。從錄音帶店傳出流行樂團喧鬧的音樂。羽仁男拖著腳走，與不時向他襲來的暈眩對抗。

抵達警局時，走出一名身穿難看的西裝，年約四十的刑警，以奇怪的方式向他問候道：

「嗨，歡迎光臨。」

「我們先來做份筆錄吧。請往這邊走。」

他似乎剛用完餐，頻頻以牙籤剔牙。羽仁男想到吃飯的事，但始終不覺得餓。

「那麼……您放輕鬆點。先從您的住址和大名問起吧。」

「我目前沒有住址。」

「咦？」

刑警以讓人覺得不舒服的眼神瞄了羽仁男一眼。說話口吻略微改變。

「聽說你原本被人綁住雙手是吧。」

命売ります　250

「是的。」

「如果是自己想綁住雙手的話，用牙齒咬繩索也辦得到哦。」

「您別開玩笑了。我剛才差點被殺呢。」

「哎呀，這可不是件小事呢。你說你一路衝下市街，是從哪裡衝下來的呢？」

「從山崖上的一座宅邸。」

「那一帶……你是指市街北側的那座山崖是吧。」

「我不知道是北邊還是南邊。」

「不知道，因為我沒時間看門牌。」

「這件事待會兒再問，請先說明一下大致的經過吧。」

接著展開一段漫長的忍耐。

每當羽仁男說得正起勁，刑警就會抬起手，示意要他講慢一點。

「ＡＣＳ？那是什麼？」

「是Asia Confidential Service。」

「Asia Con….fi….den….tial….Service，這什麼啊?是石油公司嗎?」

「是從事走私和殺人的組織。」

「哦——」

刑警兩頰泛起一抹淺笑。

「你這麼說，可有什麼證據?」

「是我親眼所見。」

「你目睹過殺人現場?」

「不，不算是親眼目睹。」

「既然沒親眼目睹，又怎麼會知道。」

「不是有個名叫岸琉璃子的女子浮屍在隅田川上的命案嗎?她曾經是我的女人。」

「岸琉璃子。哪個岸?」

「岸信介首相的岸。」

「岸信介首相的岸。……她是個好女人吧?死的時候全裸嗎?」

「我猜應該是。」

「你也沒親眼目睹對吧。」

「我曾經看過她全裸的樣子。」

「也就是說，你們之間發生過肉體關係嘍。」

「這不重要。她是被ACS殺害的。」

「這位小哥，」刑警突然擺出職業性的臉孔，轉頭望向羽仁男。「你一直說著ACS、ACS，你要如何證明真有這樣的組織存在？我可不是閒著沒事，陪你在這裡作筆錄耶。雖然你提到ACS這個從沒聽過的名字，講得跟真的一樣，但憑我多年來幹刑警的直覺，一聽就知道是你自己掰的。警局可不是讓你來這裡編故事給人聽的地方啊。你也許是看太多奇奇怪怪的推理小說，要是再繼續這樣糾纏不休，我就告你妨礙公務，明白了嗎！」

「隨便你說吧。你們這種鄉下警察懂什麼。請帶我去警視廳。我要說給那邊比較像樣的人聽。」

「哦，由我這樣的小角色和你接洽，真是不好意思啊。不過，像我這種小角色的直覺，往往比那些大人物還管用呢。竟敢說我是鄉下警察，自己明明居無定所，還敢說大話。」

「居無定所的人就全都是嫌疑犯嗎？」

「那當然。」刑警可能覺得自己講得太過火了,聲音變得溫柔些許。「正經人都會有自己的家庭,努力養活家中妻小。以你這個年紀,單身,而且又居無定所,看得出你沒什麼社會信用。」

「你的意思是,每個人都非得要有固定的住處、家庭、妻小、職業才行,是嗎?」

「這不是我說的。是世人都這麼說。」

「不是這樣的人,都算人渣嗎?」

「沒錯,是人渣。自己一個人在腦中興起古怪的幻想,跑到警察局來訴說自己的受害情形。這種男人我早就看多了。要是以為全天下就只有你一個人是這樣,那你就大錯特錯了。」

「是嗎。既然這樣,請把我當重案嫌犯處理。我從事很不道德的生意買賣。我向人出售性命。」

「什麼,出售性命是吧。那可真是辛苦了。不過,要賣命是你個人的自由。因為刑法並無明令禁止。真正犯法的,是買下別人的性命去作姦犯科的人。賣命的人沒犯法。充其量只能說是人渣,如此而已。」

命売ります　254

一股寒意貫穿羽仁男心底。他心想，眼下得改變態度，好好央求這位刑警才行。

「求求您。讓我在拘留所待幾天吧。請保護我的安全。真的有人想取我性命。我要是就這樣離開，肯定會遭人殺害。我求您了！」

「不行。警局不是飯店。像ACS這種無聊的白日夢，勸你從今天開始忘了吧。」

刑警喝了一口冷掉的茶，臉轉向一旁，冷漠以對。

羽仁男最後低聲下氣的向刑警央求，但刑警冷峻的一把將他推開。最後他被趕出警局外。

他成了孤伶伶一人。警局前有一家以警察為主要客源的小酒館，掛在店門前的兩、三盞紅燈籠，在美麗的星空下，於幽暗的巷弄深處搖曳。黑夜緊貼著羽仁男胸口。緊黏在他臉上，就像要令他窒息一般。

他遲遲無法走下警局玄關前那兩三階石階，索性就此坐下，從長褲口袋裡取出彎曲變形的香菸，點燃火。突然有股想哭的衝動，喉嚨深處暗自抽搐。他仰望星空，星星逐漸變得模糊，數顆星星合為了一顆。

三島由紀夫的一生大事年表

年份	事件
一九二五	出生於日本東京市，本名平岡公威。
一九三一	進入皇族學校學習院初等科就讀。
一九三七	於校內文學雜誌發表散文作品《春草抄：初等科時代的回憶》。
一九三八	在校內文學雜誌發表他個人的第一部短篇小說《酸模》。
一九四一	初次使用「三島由紀夫」為筆名，投稿《文藝文化》。
一九四四	從皇族學校學習院高等科畢業，進入東大法學部法律學科就讀。出版第一本小說集《繁花盛開的森林》。
一九四六	由川端康成推薦的短篇小說《菸草》在《人間》雜誌發表，晉身為文壇一員。
一九四七	自東大法學部畢業，進入大藏省任職。
一九四八	為了專心寫作，從大藏省辭職。完成第一部長篇小說《盜賊》。
一九四八	出版《假面的告白》，是三島由紀夫以作家身分出版的第一本小說。
一九五〇	出版《愛的渴望》。

一九五一	原作《純白的夜》被改編爲電影上映，三島由紀夫本人也在電影中特別演出。
	發表《禁色》第一部與《夏子的冒險》。
	十二月二十五日開始其環遊世界的旅程，於一九五二年五月十日回到日本。
一九五四	出版《潮騷》刷新日本戰後銷售記錄。
一九五六	出版《金閣寺》被日本文壇譽爲三島美學的最高傑作。
一九五七	《潮騷》被翻譯爲英語版，是三島第一本正式被翻成外文出版的作品。
一九五八	受邀至美國參訪與演講，直到隔年一月才回到日本。
	在川端康成的介紹下，與杉山瑤子結婚。
一九六〇	出版《盛宴之後》。
一九六一	出版《憂國》。
一九六二	出版《美麗的星星》。
一九六四	出版《我的遍歷時代》。
一九六七	進入日本自衛隊體驗。
一九七〇	於東京自衛隊東部方面軍總監部剖腹自殺。

國家圖書館出版品預行編目資料

性命出售【修訂新版】／三島由紀夫著；高詹燦譯
── 三版. ──臺中市：好讀出版有限公司, 2025.5
面： 公分，──（典藏經典 ; 58）

ISBN 978-986-178-752-7（平裝）

861.57　　　　　　　　　　　　114003068

好讀出版

典藏經典　58

性命出售【修訂新版】

作　　者／三島由紀夫
譯　　者／高詹燦
總 編 輯／鄧茵茵
文字編輯／莊銘桓、鄧語亭
內頁編排／王廷芬
發行所／好讀出版有限公司
　　　　台中市407西屯區工業30路1號
　　　　台中市407西屯區大有街13號（編輯部）
TEL:04-23157795 FAX:04-23144188
http://howdo.morningstar.com.tw
（如對本書編輯或內容有意見，請來電或上網告訴我們）
法律顧問　陳思成律師

讀者服務專線／ TEL：02-23672044 / 04-23595819#212
讀者傳真專線／ FAX：02-23635741 / 04-23595493
讀者專用信箱／ E-mail：service@morningstar.com.tw
網路書店／ http://www.morningstar.com.tw
郵政劃撥／ 15060393（知己圖書股份有限公司）
印刷／上好印刷股份有限公司
如有破損或裝訂錯誤，請寄回知己圖書更換

三版／西元 2025 年 5 月 15 日
定價／250元

INOCHI URIMASU
by MISHIMA Yukio
Copyright © 1968 by The Heirs of MISHIMA Yukio
All rights reserved.
Originally published in Japan.
Chinese (in complex character only) translation rights arranged with
The Heirs of MISHIMA Yukio, Japan
through THE SAKAI AGENCY and BARDON-CHINESE MEDIA AGENCY.

Published by How Do Publishing Co. ,LTD.
2025 Printed in Taiwan
All rights reserved.
ISBN 978-986-178-752-7

填寫讀者回函
獲購書優惠卷